火红的石榴火红的花

徐怀亮 著

远方出版社

图书在版编目（CIP）数据

火红的石榴火红的花 / 徐怀亮著. -- 呼和浩特：远方出版社，2024. 9. -- ISBN 978-7-5555-2091-7

Ⅰ．I227

中国国家版本馆CIP数据核字第20242EL220号

火红的石榴火红的花
HUOHONG DE SHILIU HUOHONG DE HUA

著　　者	徐怀亮
责任编辑	蔺　洁
封面设计	开印吧
出版发行	远方出版社
社　　址	呼和浩特市乌兰察布东路666号　邮编010010
电　　话	（0471）2236473总编室　2236460发行部
经　　销	新华书店
印　　刷	内蒙古掌印文化科技有限公司
开　　本	787毫米×1092毫米　1/16
字　　数	260千
印　　张	19
版　　次	2024年9月第1版
印　　次	2024年9月第1次印刷
标准书号	ISBN 978-7-5555-2091-7
定　　价	98.00元

如发现印装质量问题，请与出版社联系调换

自 序

不知不觉，写词已经12年了，也在自己的生活圈里激起了一点微澜，浪得了一些虚名。好多熟知的、关心我的人经常问：报刊、广播、电视、网络、演出中总能发现你的作品，你一共写了多少首歌？这一时让我无法回答，因为从来没有统计过，所以只能一笑置之。为此，我萌生了要出版歌词集的想法，把2023年之前零散于各处的作品收拢一下，也就有了这本《火红的石榴火红的花》。

准确地说，这是一本歌曲集。近百首歌词都附了一个或几个歌谱。这些歌词好多都在国家级或省级专业刊物上发表过，引来天南地北的热心作曲家的关注。或许有细心的读者会发现，一部分歌谱里的歌词与前面的歌词有"毫厘"差别。这里我要说明，一首歌从纸上的文字到插上音乐的翅膀，须经过好几个环节，每一个环节都融入了作曲家、编曲家、歌唱家等"多"次创作，为了让每一首完整的歌曲超越歌词，或有利于作曲、编曲、配器、演唱，从而顺利搬上舞台、荧屏，我会尊重他们的想法，原封不动地附上了这些歌谱。

我本平庸愚笨之人，但也是一个幸运者。我出生于当时算得上伊金霍洛旗最偏远、最贫穷、最落后的一个小村子。高中毕业，无缘走进大学校门，仅仅是断断续续地自学了一些大学中文系的课程，看了一些古今中外的文学作品，基础薄、底子差。可是上天眷顾我，有些时候、有些事情，冥冥之中好似天助，让我在不同时期总能遇到好老师、好领导、好朋友。他们的教导、启发、鼓励，给予我种种精神上或物质上的帮助，让我写下了这些歌词，直至今天正式出版。我首先要感谢、感恩关心、支持、帮助过我的每一个人！

这些歌词，虽然有的获过一些奖，有的在不同范围内传唱，但不可否认，由于我自己先天不足、后天懒惰，尤其是不懂乐理知识，甚至不识简谱，有些作品还很稚嫩。好在经过音乐家谱写优美的旋律和歌唱家完美的演绎而"遮丑"了。这些我虽深有自知之明的，但为了总结过往，歌词集还是将已被谱曲的大部分作品收录进来了。

坦白地说，对于歌词创作，我的初心不是因为名利，而是一些偶然的机会让我与它结缘。于是在工作之余，我偏离"主业"，误入"歧途"。这些收获，既是意外，也是必然。

《黄石公素书》有云："吉莫吉于知足。"我应该知足才是，而且我也知足了，更无愧胜似寸金的业余时间。

二十多年前，我也出版过一本小册子，后来翻看，极其稚嫩，已羞于示人。如今，还是不能按捺出书的躁动。我想，若干年后，惭愧、遗憾、后悔依然会出现，但不能动摇这一决心了。

取名《火红的石榴火红的花》，是为了礼赞铸牢中华民族共同体意识的深入人心，书中的好多歌词都是反映各民族守望相助，像石榴籽一样紧紧抱在一起的时代风貌，作曲好多是出自全国著名作曲家，如王晓泓、郭子杰、新吉乐图、桑杰等老师。因为音乐，我们成为忘年之交、莫逆之交，可以说是真正的"你中有我、我中有你"，谁也离不开谁了。

王国维认为："词人者，不失其赤子之心者也。"白居易说："文章合为时而著，歌诗合为事而作。"

《火红的石榴火红的花》是我工作之余临窗而观，踏地凑句而成，内容比较繁杂一些。我自乡村来，心系生我养我的故土，身上始终流淌着农民的血液，灵魂深处充盈着对故土、亲人的感恩和思念，写了《故乡那片贫瘠的土地》《回故乡看亲娘》《每逢佳节倍思亲》。近四十年的职业生涯，一路走来，先做了三年多的教师，后一直从事企业管理工作。我深深懂得企业家和企业的不易，写了《为谁辛劳为谁忙》《大爱无边》《人间正道彩云飞》等。当然主要还是爱国、爱党、爱人民、爱家乡的主旋律题材，有绿水青山就是金山银山、乌兰牧骑作风、科技创新、北疆文化、脱贫攻坚、乡村振兴等，有的是歌颂人民教师、煤矿工人、白衣天使、小区物业人，有的是校歌、班歌、行业歌，还有的是大型晚会、庆祝活动的主题歌，绝大部分都是近年来应约写的"命题作文"。在创作过程中，我体悟到了生活的真谛，产生了一些感慨，还收获了创作带来的快乐。

没请名家题字、作序。年近花甲，许多事情都能够看得开、想得通了，不想麻烦人，不想用自己的"手"挂名家的"名"。

热爱写作的种子早在年少时隐约播下，喜欢歌词是年近半百的时候开始的。余生，我将依然如牛笔耕，继续用自身的体验与视角、真诚与本心，努力把对生活、对人生的热情与热爱，化为歌词的意境，为爱我的人和我爱的人奉献真情，与喜欢我的人和我喜欢的人共同高歌，为伟大的祖国、伟大的党、伟大的人民长歌一曲。

徐怀亮

2024年元旦于乌兰佳苑

目　录

敖包 / 1
爱的阳光 / 6
爱在几字弯 / 9
阿腾席热的情人 / 13
巴音昌呼格，美丽的家园 / 17
北疆花正红 / 20
长歌一曲壮山河 / 23
草原大风车 / 25
草原故事 / 29
草原是你温暖的家 / 33
草原最美的歌 / 35
草原鱼水情 / 37
草原酒歌 / 39
打铁自身硬 / 44
大爱无边 / 46
党旗恋歌 / 48
东胜的邀请 / 52
东胜图书馆之歌 / 56
东胜，真好！ / 59
鄂尔多斯小夜曲 / 62
鄂尔多斯科技人 / 65
放飞梦想 / 68
共同的家园 / 70

故乡那片贫瘠的土地 / 75
故乡的小路 / 81
杭锦古如歌 / 84
黄河恋歌 / 87
火红的石榴火红的花 / 90
回故乡看亲娘 / 93
好一个大北疆 / 97
好一个大舞台 / 99
家住黄河畔 / 102
激情草原等你来 / 105
纪检监察人 / 108
老邻居 / 111
走向草原 / 117
老朋友 / 120
老月亮 / 125
亮丽风景线 / 128
妈妈的目光 / 132
民族团结地久天长 / 134
没有遗憾 / 137
每逢佳节倍思亲 / 141
美丽的红庆河 / 143
梦回石拉召 / 145
梦里故乡 / 149
漫瀚小镇 / 152
漫瀚宝贝 / 154

明普慈福总是情 / 156

你好鄂尔多斯 / 160

你我同行 / 163

千年秦直道 / 165

情牵敖包 / 169

去杭锦大地看看 / 171

人间正道彩云飞 / 173

守护绿色 / 177

赛汗塔拉 梦中的家园 / 180

丝绸古道 / 182

天边草原 / 186

同心同胜 / 188

童年的村庄 / 190

童谣草原 / 193

万里茶道万里情 / 195

为谁辛劳为谁忙 / 198

我心依然 / 202

我那追风的蒙古马 / 205

我是辛勤物业人 / 207

无怨无悔 / 209

无上荣光 / 212

梧桐树与金凤凰 / 214

相聚伊金霍洛 / 216

相聚在诗情画意的地方 / 219

相逢东胜 / 221

相恋鄂尔多斯 / 223
相约三月 / 226
幸福了咱老百姓 / 228
幸福生活再起航 / 234
幸福家园添尔漫梁 / 237
希望与栋梁 / 239
喜气洋洋 / 242
寻找森吉德玛 / 246
遥远的鄂尔多斯 / 249
阳光故事 / 254
英雄眷恋的地方 / 259
永远不分离 / 262
又见爱情树 / 264
有一个地方 / 268
中国智慧 / 271
中华好家庭 / 276
走东胜 / 279
最美康巴什 / 281
这就是你 / 284
这里是北疆 / 287

敖包

千年的月光在你身边流淌，
历史的风烟吹过你的脸庞，
英雄的故事在你耳边传唱，
你把草原永久地守望，
守望草原万物兴盛，
守望牧人幸福安康。
美丽的敖包，
北疆儿女心中的故乡。

千年的星斗轮回着你的沧桑，
古老的牧歌在你身边回荡，
长生天伴你岁月悠长，
你把草原永久地守望，
守望家园和谐康宁，
守望草原平安吉祥。
美丽的敖包，
北疆儿女永远难忘。

敖包

徐怀亮 作词
张新化 作曲

1=♭A 4/4 2/4

神圣 崇高地 ♩=62

（千年的月光 在你身边流淌 历史的风烟 吹过你的脸庞 英雄的故事 在你耳边传唱 你把草原 永久地守望 守望 草原 牛羊肥壮 守望 牧人 和谐安康 美丽的敖包 美丽的敖包 北疆儿女 心中的故乡 千

年的星斗 轮回着你的沧桑 古老的牧歌 在你身边回荡 长生天伴你 岁月悠长 你把草原 永久地守 守望 守望 草原 牛羊肥壮 守望 家园 平安吉祥 美丽的

北疆儿女 守 D.S.

结束句

北疆儿女 永远难忘）

敖包

徐怀亮 作词
魏光 作曲

1=F 2/4
自豪地 ♩=50

千年的月光在你身边流淌，历史的风烟吹过你的脸庞，英雄的故事在你耳边传唱，你把草原永久地守望，永久地守望，守望草原万物兴盛，守望牧人幸福安康，美丽的敖包，美丽的敖包，北疆儿女心中的故乡，心中的故乡。

千年的星斗轮回你的沧桑，古老的牧歌在你身边回荡，长生天伴你伴你岁月悠长，你把草原永久地守望，永久地守望，守望家园和谐康宁，守望草原平安吉祥，美丽的敖包，美丽的敖包，北疆儿女永远难忘，永远难忘。

结束句：永远难忘

敖包

徐怀亮 作词
赵勇 作曲

1=F 4/4
♩=60

千年的月光　在你身边流
千年的星斗　轮回你的沧

淌　历史的风烟　吹过你的脸庞　英雄的故事
桑　古老的牧歌　在你身边回荡　长生天伴你

在你耳边传唱　你把草原永久守望　守望草原万物兴
伴你岁月悠长　你把草原永久守望　守望家园和谐富

旺　守望牧人幸福安康　美丽的敖包　北疆
裕　守望草原平安吉祥　美丽的敖包　北疆

儿女心中的故乡　美丽的敖包　北疆儿女心中的
儿女心中的故乡　美丽的敖包　北疆儿女永远

故乡　啊　啊　美丽的敖
难忘

包　北疆儿女心中的故乡　北疆

儿女永远难忘

敖包

徐怀亮 作词
马凤钰 作曲

1=G 4/4

深情 赞美地

6 6 5 3 5 6 3 2 3 | 5 3 5 2 1 6 5 3· | 6 6 1 5 3 6 1 3 |
千年的月光在你　身边流　淌　　历史的风烟吹过
千年的星斗轮回　着你的沧　桑　　古老的牧歌在你

2 2 3 5 6 6 5 3· | 3 3 2 3 5 6 5 6 1 | 1 6 1 2 3 2 2 — |
你的脸　庞　　英雄的故事在你　耳边传　唱
身边回　荡　　长生天伴你　岁月悠　长

3· 5 3 6 5 6 3 5 | 6 3 3 2 1 2 1 6· | 3 — — 3 2 3 |
你把草原永　久　　永久地守　望　　哎　美丽的
你把草原永　久　　永久地守　望　　哎　美丽的

1 2 2 — — | 3 5 — — 7 6 7 | 5 6 6 — — |
敖　包　　　哎　美丽的　敖包
敖　包　　　哎　美丽的　敖包

3 6 6 6 3 5 6· 1 | 1 6 1 2 3 2 2 — | 3 6 5 6 3 2 3 5 1 6 |
守望着草　原　　万物兴　盛　　守望着牧人幸福安康
守望着家　园　　和谐康　宁　　守望着牧场平安吉祥

　　　　　　　　　　　　　　1.　　　　　　　　　　　2.
0 3 5 6 2 2 5 | 5 5 3 2 1 6 — :‖ 0 3 5 6 2 2 5 |
北疆儿女　心中的故　乡　　　　北疆儿女
北疆儿女　永远难忘

结束句　渐慢
5 5 3 2 1 6 — :‖ 0 3 5 6 2 2 2 3 | 5 5 3 2 1 5 6 6· | 6 — — 0 ‖
心中的故　乡　D.S.　北疆儿女　永远难忘

爱的阳光

亲爱的女儿,
今天你披上了婚装,
爸爸送你一缕阳光,
阳光洒在心上,
化作清泉流淌,
祝你的人生清澈明亮。

亲爱的女儿,
今天你做了新娘,
妈妈送你一缕阳光,
阳光挂在脸上,
化作鸟语花香,
祝你笑容天天绽放。

阳光啊,阳光,
温暖的阳光,
阳光啊,阳光,
灿烂的阳光,
那是爸爸心中的祝福,
那是妈妈爱的守望,
愿你永远幸福吉祥,
爱情地久天长。

爱的阳光

徐怀亮 作词
周凯强 作曲

1=F 4/4 2/4
♩=60

$1---\|: \underline{6\dot{1}}\ \underline{6\dot{2}}\ \dot{1}\cdot\ |\ \underline{767\ 63}\ 5\ -\ |\ \underline{6\dot{1}}\ \underline{6\dot{2}}\ \dot{1}\cdot\ |$

放　　　阳光啊阳光　温暖的阳　光　　阳光啊阳光

$\underline{767\ 653}\ -\ |\ \underline{3\ 663}\ \underline{76\ 763}\ |\ 2\ -\ -\ -\ |\ \underline{3\ 55\ 3\ 21}\ \underline{2\ 23}\ |$

灿烂的阳　光　　那是爸爸心中的祝　　福　　那是妈妈爱的守

$\dot{6}\ -\ -\ -\ |\ 2\cdot\ \underline{1}\ \underline{2\ 3}\ 5\ -\ |\ \underline{\dot{6}\cdot\ \dot{5}}\ \underline{6\ \dot{1}}\ \dot{2}\ -\ |\ 5\cdot\ \underline{6}\ \underline{\dot{3}\ 2}\ 6\ |$

望　　　　愿你永　远　　幸福吉　祥　　爱情地久天

$\dot{1}\ -\ -\ -\ :\|\ \frac{2}{4}\underline{\dot{3}\ 2}\ \underline{\dot{1}}\ |\ \frac{4}{4}\dot{2}\ -\ -\ 6\ |\ \dot{1}\ -\ -\ -\ |\ \dot{1}\ 0\ 0\ 0\ \|$

长　　　　　地久　天　　长

爱在几字弯

黄河怀抱的几字弯,
是我美丽富饶的故乡,
明月挂在村头的树上,
树下姑娘痴情地守望。
几字弯里乡情滚烫,
飞花如梦灿烂星光,
爱是心中热泪两行,
情似老酒浓郁陈香。
长风作马,心向故乡,
回家的脚步谁能阻挡?
身在远方,爱在故乡,
总想依偎在你的身旁。

绿色苍茫的几字弯,
遍地宝藏鸟语花香,
门前的小路伸向远方,
白发亲娘把我盼望。
几字弯里乡情滚烫,
飞花如梦灿烂星光,

爱是心中热泪两行，
情似老酒浓郁陈香。
身在远方，爱在故乡，
回家的脚步谁能阻挡？
长风作马，心向故乡，
总想依偎在你的身旁。

爱在几字弯

徐怀亮 作词
周凯强 作曲

1=D 2/4 转 bE
深情 赞美地 ♩=55

热泪两行 情似老酒 浓郁陈香
爱在故乡 总想依偎在你的身旁

身在远方 爱在故乡 总想依偎在你的身

旁

阿腾席热的情人

那年那个风雨交加的晚上,
我们在小酒馆喝到天亮,
一遍一遍唱着古老的情歌,
天地间都是离别的忧伤。
你说多想陪我到地老天荒,
青春却不能在荒凉中埋葬,
除非我们一同背起行囊,
离开小镇,四处流浪。
阿腾席热的情人啊,
我依然在小镇上等你,
永远永远直到地老天荒。

今晚的月亮又挂在天上,
独自醉倒在十二层楼上,
还是那首情歌的忧伤,
让我再次泪流到天亮。
阿腾席热的情人啊,
我依然在小镇上等你,
草原的马兰花开遍大街小巷,

南方的木棉花也在这里怒放,
阿腾席热的情人啊,
我依然在小镇上等你,
永远永远直到地老天荒。

阿腾席热的情人

徐怀亮 作词
小春 作曲

1=G 4/4
♩=69

```
0 0 0 0 6 6 | 3 3 0 2 1 2 2 1 0 5 | 6 - 0 0 1 1 6 |
      那年 那个  风雨 交 加 的 晚  上       我们在

2 3 2 2  5 5 0 3 2 | 3 - 0 0 3 3 | 6 6 6 6 6 6 5 0 2 3 |
小 酒馆  喝到 天 亮              一遍一遍唱着那古老的 情

3 - 0 0 2 1 | 2 0 1 2 3 2 1 5 | 6 - 0 0 6 6 5 |
歌       天地间   都是离别的忧 伤          你说
                                          今晚的

3 3 3 1 2 2 1 2 3 | 1 6 - 0 6 1 | 2 3 2 0 1 5 5 5 0 3 2 |
多想  陪我到地老天荒   青春却不能 在荒凉中    埋
月亮  又挂在了天上    独自醉倒在 十二层     楼

3 - 0 0 3 3 | 6 6 6·5 6 6 5 0 2 3 | 3 - 0 0 2 1 |
葬      除非我们一同背起 行 囊          离开
上      依然还是那首情歌的 忧 伤          让我

2 3 2 2  3 2 1 5 | 6 - 0 0 3 3 | 6 6 5 6·1 6 0 5 6 |
小 镇  四处去流浪          阿腾席热的情人啊 我
再 一次 流泪到天亮          阿腾席热的情人啊 我

7 7 7 7 6 5 6 3 0 1 1 6 | 2 3 2 2·1 5 6 7 7 6 | 5 2 3 3 - 0 3 3 |
依然在小镇等 你 草原的马兰花 已开遍大街 小 巷       阿腾
依然在小镇等 你 南方的木棉花 也在这繁华里怒 放       阿腾

6 6 5 6·1 6 0 5 6 | 7 7 7 7 6 5 6 3 0 6 1 | 2 2 2 3 5 3 0 1 7 | 6 - - - ‖
席热的情人啊 我 依然在小镇等你 永远永远直到地老 天 荒
席热的情人啊 我 依然在小镇等你 永远永远直到地老 天 荒
```

阿腾席热的情人

徐怀亮 作词
新吉乐图 作曲

1=F 2/4

深情 留恋地 ♩= 64

那年那个风雨 交加的晚上 我们在 小酒馆喝到天亮
今晚的月亮 挂在天上 独自醉倒在十二层楼上

一遍遍唱着 古老的情歌 天地间都是离别的忧伤 你说多想 陪我到地老天荒 青春
还是那首情歌的忧伤 让我再次泪流满面 到天亮 阿腾席热早已不是旧时模样 马兰

却不能在荒凉中埋葬 除非我们一同背起行囊 离开小镇哪怕到处流浪 扬
花开满大街小巷 木棉也在这里怒放 马头琴还在那么悠扬

阿腾席热的情人啊 我依然在小镇上等你 青春的梦幻
阿腾席热的情人啊 我依然在小镇上等你 永远永远

结束句
不会在江湖相忘 地老天荒
直到地老天荒

地老天荒 地老天荒

巴音昌呼格，美丽的家园

我家住在这美丽的草原，
白云悠悠绿色的海，
细雨起舞，微风摇摆，
牧笛声声，长调悠远。
甘德尔的传说从远古走来，
巴音昌呼格流淌着共同的血脉。
巴音昌呼格，我的家园，
巴音昌呼格，美丽的家园，
阳光下挥洒同心的豪迈，
携手奔向幸福的未来！

我家住在这美丽的草原，
万马奔腾欢乐的海，
花开北疆，敞开胸怀，
相守相望，幸福有约。
石榴籽的故事是你的色彩，
巴音昌呼格传递大中华的爱。
巴音昌呼格，我的家园，
巴音昌呼格，美丽的家园，
阳光下挥洒同心的豪迈，
携手奔向幸福的未来！

巴音昌呼格，美丽的家园

徐怀亮 作词
周凯强 作曲

| 6 - | 6 - | 6 3 i | 2 3 2 · | 5 · 6 2 i | 6 - | 6 2 i 3 | 2 3 2 3 | 5 5 6 6 i 5 |
嘿　　　　　巴音昌呼格　我的家　园　　巴音昌呼格　美丽的家

| 3 - | 3 6 3 5 | 6 · i 6 | i i i i 6 | 2 - | 3 2 3 | 5 6 5 3 | 5 5 6 2 3 i |
园　　阳光下挥洒　同心的豪　迈　　携手　奔向　幸福的未

| 6 - | 6 - | 3 5 3 5 6 | 2 3 · 3 | i 2 i i | i - | 6 - | 6 - | 6 0 ‖
来　　　　　幸福的未　　　　来

北疆花正红

多少次深情眺望,
我的壮美北疆。
三千年胡杨,
挺立着信仰,
八千里边关,
最威武中华儿郎,
九曲黄河激情飞扬,
浩荡着中国力量。
北疆花正红,
朵朵向太阳,
同唱赞歌诉衷肠,
走在复兴强国大道上。

多少次含泪仰望,
我的温暖北疆。
三千孤儿的故事,
讲述着大爱无疆,
八方支援建包钢,
写满同心华章,

千年古长城内外,
矗立着中国粮仓。
北疆花正红,
朵朵向太阳,
同唱赞歌诉衷肠,
走在复兴强国大道上。

北疆花正红

1=♭A 4/4 2/4

徐怀亮 作词
孙鑫淼 高鹏军 作曲

5̲ 6̲ | 5 - - - | 6̲ 5̲ 6̲ 5̲ 4̲ 5̲ 6̲ | 5 - - 1̲ 6̲ | 6 - - - | 7̲ 6̲ 7̲ 6̲ 6̲ 5̲ 6̲ | 5 - - 1 |
北疆　花正　红正红朵朵　向太阳啊　啊啊

i - - - | 2̲ 1̲ 2̲ 1̲ i - - | 2̲ 1̲ 7̲ 6̲ 7̲ 1̲ 2̲ 3̲ 2̲ 1̲ 7̲ 6̲ 7̲ 6̲ 5̲ 4̲ | 3̲ 4̲ 3̲ 2 - - 5̲ 6̲ | 5 - - 6̲ 5̲ 6̲ |
啊　啊　　啊啊啊啊　　　啊北疆　花正

5 - - 6̲ 7̲ 5̲ | 1 - - - ‖: 1̲ 3̲ 5̲ 3̲ 4̲ 5̲ 2 | 2̲ 1̲ 7̲ 1̲ 2̲ 5̲ - | 6̲ 7̲ 1 · 6̲ 5̲ 1̲ 2̲ 1 |
红　向太阳　　多少次深　情深情眺望　我的壮美
　　　　　　　多少次含　泪含泪仰望　我的温暖

4 3̲ 3̲ 4̲ 5̲ 2 - | 3̲ 4̲ 5̲ 1̲ 1̲ 6̲ 5̲ 6̲ 5̲ | 3̲ 3̲ 4̲ 5̲ 3̲ 1̲ 6̲ · | 6̲ 7̲ 1̲ 6̲ 5̲ 1̲ 1 |
壮美北疆　三千年　胡杨挺立着信仰　八千里边关
温暖北疆　三千孤儿的故　事讲述着大爱无疆　八方支援建包钢

4̲ 3̲ 4̲ 5̲ 5̲ 2 · | 3̲ 4̲ 5̲ 1̲ 6 - | 7̲ 1̲ 2̲ 7̲ 6̲ 5̲ 1 | 6̲ 7̲ 1̲ 6̲ 5̲ 1̲ 2̲ 1 |
威武中华儿郎　九曲黄河　激情飞扬　浩荡着中国
写满同心华章　千年古长城　长城内外　矗立着中国

2/4 4̲ 3̲ 6̲ 7̲ 5̲ | 4/4 1 - - 5̲ 6̲ | 5 - - 6̲ 5̲ 6̲ | - 1̲ 6̲ | 6 - - 7̲ 6̲ 7̲ | 5 - - - |
中国力　　量　北疆花　红朵朵　向太阳
中国粮　仓

3̲ 4̲ 5̲ 1̲ 6 - | 7̲ 1̲ 2̲ 7̲ 6̲ 5̲ - | 3̲ 4̲ 5̲ 3̲ 2̲ 1̲ 6̲ | 2/4 7̲ 6̲ 6̲ 7̲ 5̲ |
同唱赞歌　诉衷肠　走在复兴强国　强国大道

4/4 1 - - - ‖: 3̲ 4̲ 5̲ 3̲ 6̲ 7̲ i | 2 - i 7̂ | i - - - | i - - - ‖
上　　　　走在复兴强国大道　上

长歌一曲壮山河

再次高唱国歌,
满腔激情如火,
中华民族铁骨铮铮,
踏破多少坎坷。
"复兴号"不会减速,
阴霾遮不住蓝天!
春暖花开红烂漫,
长歌一曲壮山河!

再次高举旗帜,
纵情"加油中国",
英雄儿女同德同心,
踏平千山万壑。
幸福的车轮不会停顿,
正气必然胜邪魔!
春暖花开红烂漫,
长歌一曲壮山河!

长歌一曲壮山河

徐怀亮 作词
任家荣 作曲

1=F 4/4

3 5·6 5 6 | 3 2·3 6 — | 2 6 1 2 3 5 6 1 | 6 — — — |
再次高唱国 歌 满腔激情如 火
再次高举旗 帜 纵情"中国加 油"

1· 2 3·2 1 | 6 1 6 5 6 2· 3 | 5 6 1 3·1 2 3 5 | 6 — — — |
中华民 族铁骨铮 铮 踏破了多少坎 坷
英雄儿 女同心同 德 踏遍了千山万 壑

3 6·1 6 5 | 3·2 3 5 6 — | 1 6·1 2 3 6 1 5 | 3 — — — |
再次高唱国 歌 满腔激情如 火
再次高举旗 帜 纵情"中国加 油"

6· 1 2·3 1 | 1 6 5 6 2· 3 | 5· 6 3 5 2 3 7 6 5 | 6 — — — |
中 华民 族铁骨铮 铮 踏破多少坎 坷
英 雄儿 女同心同 德 踏遍千山万 壑

1 1 1 2 2 3 6 1 | 6 3·2 2 — | 3 2·3 2 1 1·1 | 6 1 6 1 5 3 — |
"复兴号"不会减 速 阴霾遮不住蓝 天
幸福的车轮不会停 顿 正气必然胜邪 魔

5·6 3 5 | 6 1 2 3 2 — | 3·2 1 6 5 6 3 | 2 3 5 2 3 1 6 — ‖
春暖花开红烂 漫 长歌一曲壮山 河
                                          D.C.

结束句
2 3 5 2 3 | 6 — — — | 6 0 0 0 ‖
壮   山 河

草原大风车

草原上流淌着弯弯的河,
河边转着大风车。
转得草原天更蓝,
转得草原水清澈,
大风车,大风车,
草原有你不寂寞,
草原有你更辽阔。

草原上飘荡着长长的歌,
白云转着大风车。
转得草原花更艳,
转得草原酒更香,
大风车,大风车,
草原有你多快乐,
草原有你更祥和。

草原大风车

徐怀亮 作词
周善儒 作曲

1=F 4/4

♩= 48

(3 6 6 5 6 - | 5 6 2 3 5 3 - | 6̣ 1 3 6 5 2· 3 | 3̣ 5̣ 2̣ 1 6̣ —)

6̣ 1 2 3 2 3 | 1 6̣ 5̣ 6̣ - | 6̣ 6̣ 1 6̣ 6 6̣ 6̣ 5 | 3· 5 2 3 -
草原上流淌着弯弯的河　　河边转着大　风　车
草原上飘荡着长长的歌　　白云转着大　风　车

6 5 6 6̣ | 1 2 3 2 - | 2· 2 3 5 1 2 | 1 6̣ - - -
转　得　草原天更　蓝　　转　得草原水清　澈
转　得　草原花更　艳　　转　得草原酒更　香

3 6̣ 5 6 - | 6 - 0 5 6 7 | 6 - - - | 6 6 6 5 1 2· 5
大　风　车　　　大　风　车　　　　　草原有你不寂
大　风　车　　　大　风　车　　　　　草原有你多快

3· 2 3 - | 6̣ 1 3 2 - | 1 2 3 6· 5̣ 3̣ |
寞　　　　　大　风　车　　大　风　车
乐　　　　　大　风　车　　大　风　车

1 1 2 1 3̣ | 5̣ 6̣ | 6̣ - - - ‖ 1· 1 2 3 |
草原有你更辽　阔　　　　　D.C. 草原有你
草原有你更祥　和

5· 3 5 6 | 6 - - - | 6 - 0 0 ‖
更　祥　和

草原大风车

徐怀亮 作词
刘北休 作曲

1=F 2/4

(6 3 5 6 | i - | 6 i 6 5 | 6 - | 6 5 6 i | 1 6 2 3 2 1 |

6 - | 6 -) 6 1 | 6 2 3 1 7 6 | 7· 6 5 6 3 5 | 6 - |
草原　上流淌着弯弯的河
草原　上飘动着洁白的云

6 1 6 | 1 6 1 3 2 | 2· 3 5 3 6 5 | 3 - | 3· 6 6 | 1 6 1 2 3 |
河边　转　着大风　车　转得草原天更蓝
白云下转　着大风　车　转得草原酒更香

3· 6 6 | 1 6 1 3 2 | 2 2 3 | 5 6 5 4 3 | 3 1 2 1 2 3 | 6 - |
转得草原水更清　转得草　原夜色美
转得草原花更艳　转得草　原歌更甜

6· 1 2 3 | 5 6 3 5 | 6 - | 6 - | 6 3 5 6 | i - |
啊！　　　　　　　　　大风车
啊！

6 i 6 5 | 6 - | 6 5 6 i | 1 6 2 3 6 5 | 3 - | 3 - |
大风车　草原有你不寂寞
大风车　草原有你更富饶

6 3 5 6 | i - | 6 i 6 5 | 6 - | 6 5 6 i | 1 6 2 3 2 1 |
大风车　大风车　草原有你更辽
大风车　大风车　草原有你更美

6 - | 6 - ‖ 1 6 | 2 3 5 3 | 6 - | 6 - 6 - | 6 - ‖
阔　　　D.C.　更美好　　　　　　　　　Fine.
好
　　　　　　　　　　　　　　　　　　　pp

草原大风车

（女声独唱）

徐怀亮 作词
杨崎 作曲

1=F 4/4

中速 稍慢

‖: (1·7 6535· | 3·5356 7 6535· | 1·7656 1 3 | 2223 51 2 —|

6 3 2 3 6 1 1 2 | 1 — — —) | 5 5 6 1 2 6 1 5 | 2·3 2 6 1 5 — |

草原上流淌着弯弯的河
草原上飘荡着长长的歌

1 1 2 3·5 2 3 5 5 | 6·7 6 3 6 5 — | 6·5 1 2 3 5 3 — |

河边 转 着呀大风 车 转得草原天更蓝
白云 转 着呀大风 车 转得草原花更艳

5·3 1 2 3 5 2 — | 6 1 5 6 1 1 3 5 2 3 5 5 | 6 6 5 3 2 3 2 6 |

转得草原更清澈 大风车呀大风车呀草原的大风
转得草原酒更香 大风车呀大风车呀草原的大风

1·2 1 — | 1·7 6535· | 3 5567 6535· | 1·7656 1 3 |

车 大风车哟 草原的大风车 大风车哟
车 大风车哟 草原的大风车 大风车哟

2223 51 2 — | 6 6 3 3 2 3 5 6 3 — | 6 6 3 3 2 3 6 1· 2 |

草原的大风 车 草原有你不寂寞 草原有你更辽阔
草原的大风 车 草原有你多欢乐 草原有你更祥和

coda.
mf
1 — — — ‖ 3 5 6 1 2 5 6 | 1 — — — | 1 — — — | 1 0 0 0 ‖

草原有你更祥 和

草原故事

是谁纵马这片草原,
百鸟起舞,金鹿欢跃,
是谁把上帝之鞭,
失落在这片花海原野,
一个古老的故事,
流传到今天。

是谁眷恋这片草原,
民族图腾,历史跨越,
是谁把身后百年,
托付给这个迷人的世界,
一座迷人的宫殿,
光耀天地间。

啊,我的伊金霍洛草原,
沧海桑田聚宝藏,
多少传奇在绵延,
今日锦绣如画卷,
明日风流无限。

草原故事

1=F $\frac{2}{4}$

徐怀亮 作词
贺继成 作曲

优美 激昂地

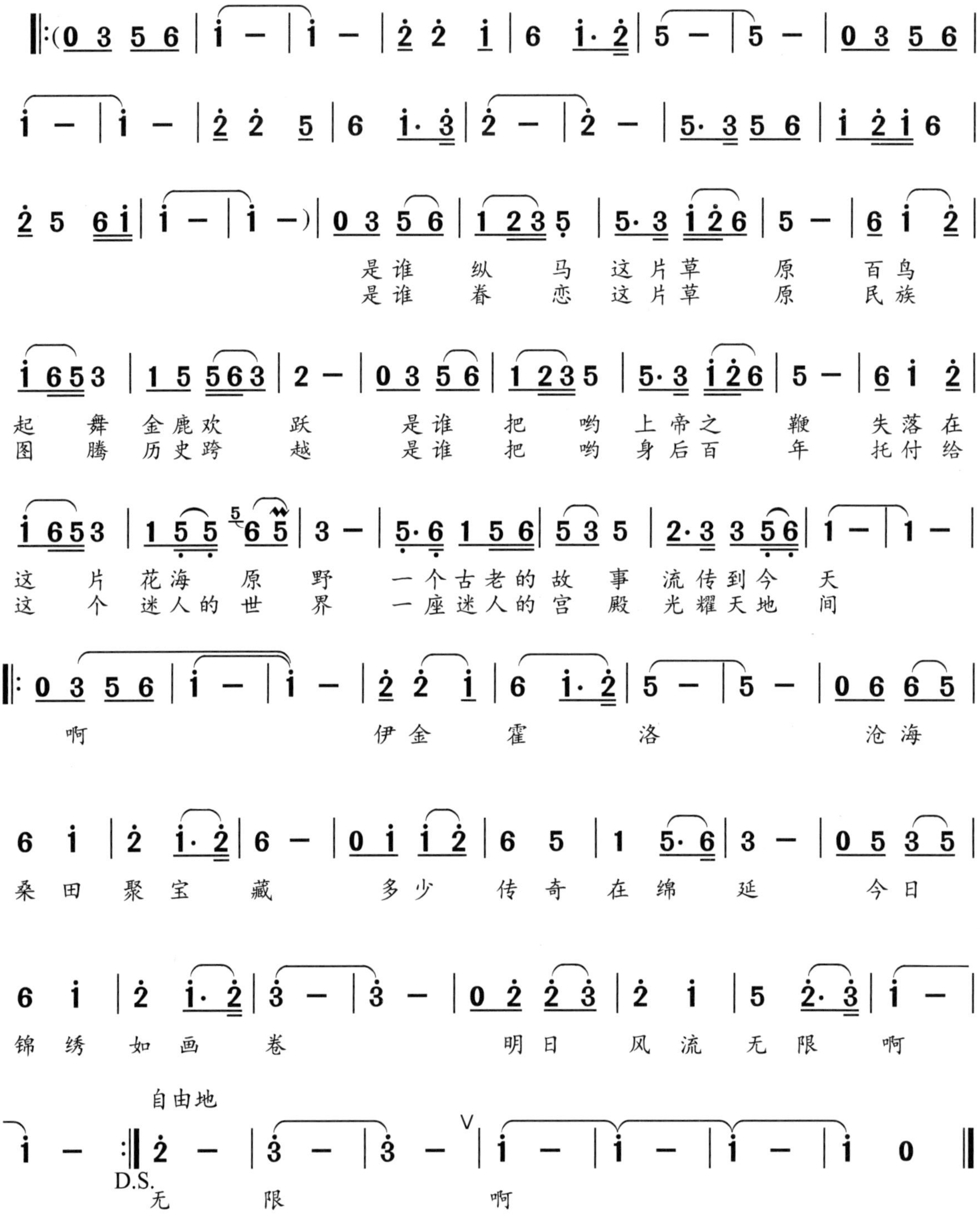
是谁 纵 马 这片草 原 百鸟
是谁 眷 恋 这片草 原 民族
起 舞 金鹿欢 跃 是谁 把 哟 上帝之 鞭 失落在
图 腾 历史跨 越 是谁 把 哟 身后百 年 托付给
这 片 花海 原 野 一个古老的故 事 流传到今 天
这 个 迷人的世 界 一座迷人的宫 殿 光耀天地 间
啊 伊金 霍 洛 沧海
桑田 聚宝 藏 多少 传奇 在绵 延 今日
锦绣 如画 卷 明日 风 流 无 限 啊
自由地
D.S.
无 限 啊

草原故事

徐怀亮 作词
谢铁跃 作曲

1=♭B 4/4

自豪 喜悦地 ♩=108

(0 6 7 7 6 | 1 2 | 3 3 3 6 5 5 5 5 | 2 1 5 5 6 6 5 | 7 1 2 3 —)

3 7 6 5 — | 6 — — 1 2 | 7 6 — — | 3 5 3 2 — | 3 5 6 5 — |
是谁纵马 这 片 草原 百鸟起舞 金鹿欢悦
是谁眷恋 这 片 草原 民族图腾 历史跨越

3 7 6 5 6 5 3 | 3 — 1 1 2 1 | 1 1 2 3 2 1 1 | 4 7 6 5 6 5 3 |
是谁把上帝之 鞭 失落在这片花海 原野 一个古老的故
是谁把身后百 年 托付给这个迷人的世界 一座迷人的宫

3 — 3 5 3 | 1 2 2 — — | (3 6 3 6 5 1 7 6) | 0 2 2 7 7 5 6 | 6 6 5 3 2 — |
事 流传到 今天 啊 我的伊金 霍洛草 原
殿 光耀天 地间

3 3 4 6 5 3 5 | 3 — 2 2 1 1 | 7 6 6 — — | 0 2 2 7 7 5 6 | 6 6 5 3 2 — |
沧海桑田聚宝 盆 多少传奇在绵延 啊 我的伊金霍洛草 原

3 3 4 6 5 3 5 | 3 — 2 2 1 1 | 7 — 2 — | 3 — — — ‖ 3 — — — ‖ 3 — — — ‖
今日锦绣如画 卷 明日风流更无 限 限 限
                                    D.C.   D.S.

(6 5 2 3 2 — | 7 6 6 6 6 7 7 1 | 2 — — — | 6 5 2 3 2 — |

1 7 7 7 7 7 7 7 | 6 1 1 3 3 3 3 5 | 3 — — —)

草原故事

徐怀亮 作词
李瑞 作曲

1=♭E 4/4
♩=85

5 5̲6̲5̲ 3̲2̲ | 1·̲ 3̲ 6̲1̲6̲5̲ - | 1 6̲1̲ 2 5̲6̲ | 5·̲ 1̲ 6̲1̲2̲ - | 5 5̲6̲5̲ 3̲2̲ |

是谁 纵马 这片草 原 百鸟起舞 金鹿欢 悦 是谁把上帝
是谁 眷恋 这片草 原 民族图腾 历史跨 越 是谁把身后

1·̲ 3̲ 2̲3̲5̲ 6̲ - | 2̲ 2̲3̲6̲1̲ 7̲ | 6̲5̲5̲ 3̲2̲3̲5̲ - | 5̲6̲5̲5̲6̲6̲5̲ 1 |

之 鞭 失落在这片 花海原 野 一个古老的故
百 年 托付给这个 迷人的世 界 一座迷人的宫

2 - - 3 | 5̲3̲ 5̲2̲ 1 6̲ | 1 - - 1̲5̲6̲ | 1̲1̲ 2̲3̲ 2·̲ 1̲ | 6·̲ 5̲3̲5̲ - |

事 流传到今 天 啊 我的伊金霍 洛草 原
殿 光耀天地之 间 啊 我的伊金霍 洛草 原

1̲1̲ 2̲3̲ 2·̲ 1̲ | 1·̲ 6̲5̲6̲ - | 5̲6̲ 1̲6̲1̲6̲ 5̲1̲ | 2 - - - | 6̲5̲6̲ 1̲2̲·̲ 1̲6̲ |

沧海桑田聚 宝 盆 多少传奇在绵 延 多少传奇在绵
沧海桑田聚 宝 盆 多少传奇在绵 延 多少传奇在绵

5 - - 5̲6̲ | 1̲1̲ 2̲3̲ 2·̲ 1̲ | 1·̲ 2̲1̲6̲ - | 1̲1̲ 2̲3̲ 2·̲ 1̲ | 1·̲ 6̲5̲6̲ - |

延 啊我的伊金霍 洛草 原 今日锦绣如 画 卷
延 啊我的伊金霍 洛草 原 今日锦绣如 画 卷

5̲6̲ 1̲6̲1̲6̲ 5̲6̲5̲ | 3 草 - - | 6̲5̲6̲ 1̲2̲·̲ 1̲6̲ | 5 - - - |

明日风流更无 限 明日风流更无 限
明日风流更无 限 明日风流更无 限

6̲5̲5̲3̲2̲ 2̲1̲6̲ | 1 - - - ‖ 6̲5̲6̲ 1̲2̲·̲ 1̲6̲ | 1 - - - ‖

1.
明日风流更无 限 明日风流更无 限
明日风流更无 限   D.C.

2.
6̲5̲6̲ 1̲2̲·̲ 1̲6̲ | 1 - - - ‖

明日风流更无 限

草原是你温暖的家

飘飘的长发,甩出潇洒,
轻轻跃上红鬃烈马,
马蹄声声,如电如霞,
世界就在你脚下。

黑黑的眼睛,闪耀光华,
唱起长调走天涯,
守候善良,梦想发芽,
宽容把千年冰雪融化。

朴实无华,多情泼辣,
不忘感恩,心怀报答,
走四方,闯天下,
草原是你永远的牵挂,
进都市,入繁华,
草原还是最温暖的家。

草原是你温暖的家

1=D 4/4

徐怀亮 作词
周凯强 作曲

6 6 5 6 3 3 | 2· 3 2 1 6 | 6 6 6 5 6 6 6 1 5 | 3· 2 3 —|
飘飘的长 发甩 出潇 洒 轻轻跃上红 鬃烈马

3 6 5 6· 1 6 | 6 3 2 3 1 2 — | 2 2 2 3 5 5 | 6 — — —|
马蹄 声 声 如电如 霞   世界就在你 脚 下

※
6 6 5 6 3 3 | 2· 3 2 1 6 | 6 6 6 5 6 6 6 1 5 | 3· 2 3 —|
黑黑的眼 睛闪 耀光 华 唱起长调走天 涯

3 6 5 6· 1 6 | 6 3 2 3 1 2 — | 2 2 3 5 5 3 | 5 6 2 1 6 —|
守候 善 良 梦想发 芽   宽容把千年的 冰雪融 化

6· 5 6 3 3 | 2· 3 2 1 6 | 3 6 6 1 6 5 2 5 | 3· 2 3 —|
朴实无 华 多 情泼 辣 不忘感恩心怀报 答

          1.
3 5 6 1 6 — | 1 6 1 2 3 2 — | 3· 5 6 3 2 2 2 3· | 6 — — —‖
走 四 方 闯 天 下   草原是你永远的牵 挂   D.S.

2.
3· 5 6 2 2 2 2 3· | 6 — — — | 3 5 6 1 6 — | 1 6 1 2 3 2 — |
草原是你永远的牵 挂   进 都 市   入 繁 华

3· 5 6 3 2 2 2 3· | 3 — — — | 6 — — — | 6 — — — | 6 0 0 0 ‖
草原还是最温暖的 家

草原最美的歌

阿爸小时候爱唱这首歌,
阿吾(爷爷)发如雪还唱这首歌,
阿妈教我第一首歌,
还是《牧民歌唱共产党》。
这是草原最美的歌,
你在牧人心中永远珍藏。
牧民歌唱共产党,
鲜红的太阳永不落,
草原一天比一天美,
祖国一年更比一年强。

阿吾(爷爷)唱着它冰消雪融化,
阿爸唱着它欢乐汇成河,
阳光盛世我要放声唱,
绿色北疆鲜花怒放。
这是草原最美的歌,
你在牧人心中永远珍藏。
牧民歌唱共产党,
鲜红的太阳永不落,
草原一天比一天美,
祖国一年更比一年强。

草原最美的歌

1=♭E $\frac{2}{4}$

徐怀亮 作词
周凯强 作曲

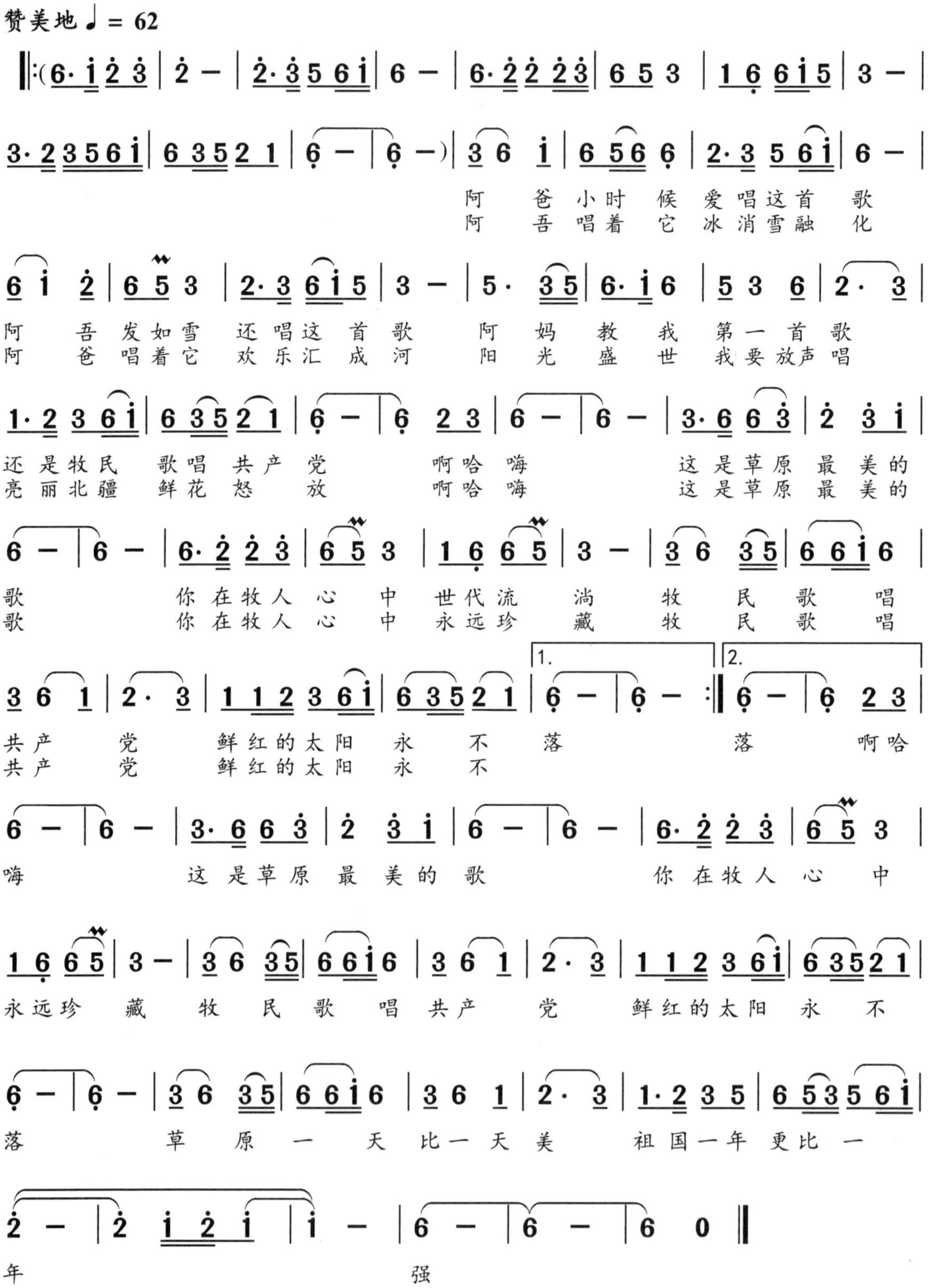
赞美地 ♩= 62
阿 爸 小时 候 爱 唱这首 歌
阿 吾 唱着 它 冰 消雪融 化
阿 吾 发如雪 还 唱这 首 歌 阿 妈 教 我 第 一 首 歌
阿 爸 唱着它 欢 乐汇 成 河 阳 光 盛 世 我要放声 唱
还 是 牧 民 歌 唱 共 产 党 啊哈 嗨 这 是 草 原 最 美 的
亮 丽 北 疆 鲜 花 怒 放 啊哈 嗨 这 是 草 原 最 美 的
歌 你 在 牧 人 心 中 世代流 淌 牧 民 歌 唱
歌 你 在 牧 人 心 中 永远珍 藏 牧 民 歌 唱
1.
2.
共 产 党 鲜 红 的 太 阳 永 不 落 落 啊哈
共 产 党 鲜 红 的 太 阳 永 不
嗨 这 是 草 原 最 美 的 歌 你 在 牧 人 心 中
永 远 珍 藏 牧 民 歌 唱 共 产 党 鲜 红 的 太 阳 永 不
落 草 原 一 天 比 一 天 美 祖 国 一 年 更 比 一
年 强

草原鱼水情

树高千尺大地扎根，
雄鹰展翅爱恋天空，
鲜花盛开雨露滋润，
乌兰牧骑和人民心连心。
不忘初心、牢记使命，
播撒文明一路同行，
千里草原鱼水情谊深，
我们是红色文艺轻骑兵。

天为幕布歌传情，
地做舞台春意浓，
迎风雪蒙古包里暖人心，
冒寒暑田间地头传喜讯。
不忘初心、牢记使命，
播撒文明一路同行，
千里草原鱼水情谊深，
我们是红色文艺轻骑兵。

草原鱼水情

徐怀亮 王伟 作词
新吉乐图 王伟 作曲

1=F 2/4
♩=60

6̣ 3 3 1 2 | 3 - | 3 6 2 1 6̣ | 6̣ - | 6̣ 2 2 3 |
树 高 千　 尺　 大 地 扎 真 根　 雄 鹰 展 翅
天 为 幕 布　　 歌 声 传 真 情　 地 做 舞 台

5 6 6 1 5 | 3 - 3 - | 3 6 6 6 1 | 6 5 6 5 6 |
爱 恋 天 空　　 鲜 花 盛　 开　 迎 风 雪
人 间 春 意 浓　 蒙 古 包 里

6̣ 3 2 3 1 | 2 - | 3· 5 6 3 3 | 2 1 2 5 | 3 3 2 1 6̣ |
雨 露 滋 润　 乌 兰 牧 骑 和 人 民 心 连
暖 人 心　　 冒 寒 暑 田 间 地 头 传 喜

1.   2.
6̣ - ‖ 6̣ - | 6̣ - | 6̣· 3 1 2 1 | 6̣· 5 6 |
心　 讯　　　 不 忘 初 心

7̣· 3 5 6 7 | 6 - | 6̣· 2 2 3 | 5 6 6 1 5 | 3 - |
牢 记 使 命　　 播 撒 文 明 一 路 同 行

3 - | 6̣· 3 1 6 | 6· 5 6 | 6̣ 3 2 3 1 | 2 - |
　　 千 里 草 原　 鱼 水 情 谊 深

3̣ 3 5 6̣ 3 | 2 1 2 5 | 3 3 2 1 6̣ | 6̣ - 6̣ - |
我 们 是 红 色 文 艺 轻 骑　 兵

结束句　　　　　　　　　　　　　　　　渐慢
3̣ 3 5 6̣ 3 | 2 1 2 3 | 5 3 | 5 6 6 1 | 1 - |
我 们 是 红 色 文 艺 轻 骑

5̣ 6 - | 6 - | 6 - | 6 0 ‖
兵

草原酒歌

青青牧草香，
浓浓夜色美，
远方的朋友啊欢迎你。
举杯情更深，
今日难相忘，
千言万语挂心上。
共饮这杯酒，
明天再相聚，
共饮这杯酒，
祝福在心头。

青青牧草香，
浓浓夜色美，
远方的亲人啊欢迎你。
篝火燃烧爱，
美酒诉衷肠，
欢歌笑语永难忘。
共饮这杯酒，
明天再相聚，
共饮这杯酒，
祝福在心头。

草原酒歌

1=A 2/4

徐怀亮 作词
谢铁跃 作曲

热情 好客地 ♩=86

(6̣ 1 3553 | 6̣ 1 3553 | 6̣ 1 3556 | 3 2 7̣6̣21 | 3 2 7̣6̣21

3 2 7̣6̣23 | 6̣ 35 6̣17̣3 | 6̣ —) ‖ 6̣ 6̣21 | 6̣ —
　　　　　　　　　　　　　　Fine. 青 青 牧 草 香
　　　　　　　　　　　　　　　　 青 青 牧 草 香

6̣ 6̣ 7̣6̣ 1 — | 2 3 21 | 3· 5 | 2 7̣ | 2 —
浓 浓 夜色美　远 方的朋　友　啊欢迎你
浓 浓 夜色美　远 方的朋　友　啊欢迎你

6̣ 6̣21 | 6̣ — | 6̣ 6̣7̣6̣ | 1 — | 6̣ 1 23 | 21 7̣6̣
举 杯情更深　今 日难相忘　千 言 万 语
篝 火燃烧爱　美 酒诉衷肠　欢 歌 笑 语

3· 5 | 3 — | 3 6 | 7̣6̣ | 5 23 | 2· 1 | 6̣ —
挂　心　上　共饮这杯酒明天再相聚
永　难　忘

3 6 7̣6̣ | 1̇ 2̇3̇ | 2̇· 7 | 6̣ — ‖ 6̣ — ‖ 6̣ —
共饮这杯酒祝福在心头　　头　　头
　　　　　　　　　　　　　　　D.S.

3 6 7̣6̣ | 1̇ 2̇3̇ | 2̇· 1̇ | 2̇ — | 2̇ — ‖

草原酒歌

徐怀亮 作词
魏光 作曲

1=♭B 2/4
♩=80

2 26 2456 | 5. 45 | 6 65 4542 | 2 - | 2 22 4545 | 5. 45 |

6 1 1 2 5642 | 2 - | 2 2 12 | 5 64 2 | 2. 5 4216 | 2 - |
　　　　　　　　　　　　　青青　牧草香　浓浓夜色美

2 22 5 54 | 2. 16 | 5. 22 16 | 6 - | 6 2 2 24 | 2 - |
远方的朋友啊欢迎你　欢迎你　　　举杯情更深
　　　　　　　　　　　　　　　　篝火燃烧爱

4 45 2 21 | 6 - | 5. 22 12 | 5 564 | 2 - | 2 - |
今日难相忘　　千言万语挂心　上
美酒诉衷肠　　欢歌笑语永难　忘

‖: 2. 2 6 5 | 5. 45 | 6. 6 44 5 | 2 - | 2. 2 5 6 | 5. 45 |
共饮这杯酒　明天再相聚　共饮这杯酒

[1.
1. 6 5 56 | 2 - :‖
祝福在心头
　　　　　D.C.

[2.
1. 6 | 5. 42 | 2 - | 2 0 |
祝福在心头

结束句
1 - | 1 - | 2 - | 2 0 ‖
在　　心　头

草原酒歌

徐怀亮 作词
郭克光 作曲

1=♭E 4/4

热情地 ♩=82

(6 3 2̲3̲ 1̲ 2̲1̲ 6· | 3 6 5 6̲ 2̲ 3 - | 3· 5̲ 6̲ 1̲ 3̲ 2̲ 3̲ 6̲ |

3̲ 2̲ 3̲ 1̲ 6̲ 5̲ 1̲ 6̲ -) | 6 6̲ 5̲ 6· 5̲ 3̲ 5̲ | 6̲ 5̲ 6· 6 - |
　　　　　　　　　　　　　青 青　牧 草　香 哟

3̇ 2 3̇ 2̇· 1̇ 6̲ 5̲ | 3̲ 2̲ 3· 3 - | 3· 5̲ 6̲ 1̲ 3̲ 2̲ 3̲ 6̲ |
浓 浓　夜 色　美 哟　　　远 方 的 朋

6̲ 5̲ 6̲ 3̲ 2̲ 5̲ 3̲ 3· | 3· 5̲ 6̲ 1̲ 3̲ 2̲ 3̲ 6̲ | 3̲ 2̲ 3̲ 1̲ 6̲ 5̲ 1̲ 6̲ - |
欢　迎　你 哟　远 方 的 朋　友　欢 迎　你

6· 5̲ 6̲ 1̲ 2̇· 1̇ 6̲ 1̇ | 2̇· 1̇ 6̲ 1̇ 6· 5̲ 3̲ 5̲ | 6· 3̲ 2̲ 3̲ 1̲ 2̇· 1̇ 2̇ |
啊 呵 伊 啊 呵 伊 啊 呵 伊 啊 呵 伊 举 杯 情 更 深 哟
啊 呵 伊 啊 呵 伊 啊 呵 伊 啊 呵 伊 篝 火 燃 烧 爱 哟

3̇· 6̲ 1̇ 2̇ 3̇ 2̇ - | 1̇ 2̇ 3̇· 2̇ 1̇ 6̲· | 6̲ 5̲ 6̲ 5̲ 2̲ 3̲ 2̲ 3· |
今 日 难 相 忘　　　情 深 意 长　记　心 上 哟
美 酒 诉 衷 肠　　　欢 歌 笑 语　永　难 忘 哟

3· 5̲ 6̲ 1̲ 3̲ 2̲ 3̲ 6̲ | 3̲ 2̲ 3̲ 1̲ 6̲ 5̲ 1̲ 6̲ - (6· 5̲ 6̲ 5̲ 6̲ 5̲ 6̲ 1̲ |
情 深 意 长　记　心　上
欢 歌 笑 语 永　难　忘

2̇· 1̇ 2̇ 1̇ 2̇ 1̇ 6̲ 1̇) | 6· 5̲ 6̲ 1̲ 2̇· 1̇ 6̲ 1̇ | 2̇· 1̇ 6̲ 1̇ 6· 5̲ 3̲ 5̲ |
　　　　　　　　　　　　　啊 呵 伊 啊 呵 伊 啊 呵 伊 啊 呵 伊

‖: 6̲ 5̲ 3̲ 5̲ 6· 1̲ | 2̇ 1̇ 2̇ 3̇ 2̇ 1̇ 6 - | 6 3̲ 2̲ 3̲ 2̲ 3̲ 1̲ |
让 我 们　共 饮 这 杯 酒　友 谊 的 花 朵

$\underbrace{6\ 5\ 6}\ \underbrace{5\ 3\ 2}\ \overset{2}{\underset{=}{3}}\ 3\ -\ |\ 6\cdot\ \underline{5}\ \underline{3\ 5}\ 6\cdot\ \dot{1}\ |\ \underline{\dot{2}\ \dot{1}}\ \underline{6\ \dot{1}}\ \underline{\dot{2}\ \dot{3}}\ \dot{2}\ -\ |$
永远怒放　　让我们　共饮这杯酒

$\underline{\dot{3}\ \dot{2}}\ \underline{\dot{3}\ \dot{2}}\ \underline{\dot{1}\ \dot{2}}\ 6\ |\ 6\cdot\ \underline{5}\ \underline{3\ 5}\ \underline{\dot{1}\ \overset{1}{\underset{=}{6}}}\ 6\ -\ |\ 6\cdot\ \underline{5}\ \underline{3\ 5}\ \underline{6\ 5}\ \underline{\dot{1}\ 6}\ |$
幸福的歌　儿永远流　淌　　啊呵伊　啊呵伊

$\underline{\dot{2}\cdot\ \dot{1}}\ \underline{6\ \dot{1}}\ \underline{\dot{2}\ \dot{1}}\ \underline{\dot{3}}\ \dot{2}\ |\ \underline{\dot{3}\ \dot{2}}\ \underline{\dot{3}\cdot\ \dot{2}\cdot}\ \underline{\dot{1}\ 6\ \dot{1}}\ |\ \underline{6\ 5\ 6}\ \underline{5\ 3\ 2}\ \overset{2}{\underset{=}{3}}\ -\ |$
啊呵伊　啊呵伊幸福的歌　儿　永远流　淌

$\underline{3\cdot\ 5}\ \underline{6\ \dot{1}}\ \underline{3\ 2}\ \underline{3\ \underline{6}}\ |\ \underline{3\ 2\ 3}\ \underline{1\ 6\ 5}\ \underline{1\ \overset{1}{\underset{=}{6}}}\ 6\ -\ \|\ \underline{3\ 2\ 3}\ \underline{1\ 6\ 5}\ \underline{1\ \overset{1}{\underset{=}{6}}}\ 6\ -\ \|$
幸福的歌　儿永远流　淌　　　D.C.　永远流　淌　　　D.S.

结束句
$\underline{3\ 2\ 3}\ \underline{1\ 6\ 5}\ \underline{1\ \overset{1}{\underset{=}{6}}}\ 6\ -\ |\ \underline{\dot{3}\ \dot{2}}\ \underline{\dot{3}\ \dot{1}}\ \underline{6\ 5}\ \underline{6\ \dot{1}}\ |\ \underline{\dot{1}\ \overset{1}{\underset{=}{6}}}\ 6\ -\ -\ -\ \|$
永远流　淌　　永远　流　淌

打铁自身硬

我用一片丹心,
守护朗朗乾坤,
你用满腔热血,
捍卫风清气正,
无私无畏是你的底色,
两袖清风是我的光荣。
我们是纪检监察人,
打铁自身硬,
忠诚留芳名,
干净担当无悔人生!

我用一身正气,
守望海晏河清,
你用初心使命,
诠释正义公平,
惩前毖后治病救人,
清正廉明对党忠诚。
我们是纪检监察人,
打铁自身硬,
忠诚留芳名,
干净担当无悔人生!

打铁自身硬

徐怀亮 作词
周凯强 作曲

1=♭E 2/4

豪迈地 ♩= 102

‖: (6 - | i - | 7 5 | 6 - | 7·6 5 2 | 3 - | 3 - | 6 - | i -

2 2·3 2 - | 5·6 7 5 | 6 6·6 6 0) | 6 - | 3 - | 2 1 2 6 -
　　　　　　　　　　　　　　　　　　　我　用　一片丹心
　　　　　　　　　　　　　　　　　　　我　用　一身正气

2·6 | 1 1 5 6 | 3 - | 3 - | 3 - | 6 - | 6 5 6 | 2 - | 3 5 3 | 2 2 2 3
守护朗朗乾　坤　　　　　你　用　满腔热血　捍　卫风清气
守护海晏河　清　　　　　你　用　初心使命　诠　释正义公

6 - | 6 - | 1 - | 6 1 | 7 5 | 6 - | 2 6·6 | 1 5 | 3 - | 3 -
正　　无私无　畏　是你的底　色
平　　惩前毖　后　治病救　人

3 - | 6 - | 5 6 | 2 - | 3 5 6 | 7 5 | 6 - | 6 - | (6 6·7 1 2 3 5)
两袖清　风　是我的光　荣
清正廉　明　对党忠　诚

3 6·6 | i 6 | 7 5 | 6 - | 7·6 5 2 | 3 - | 3 - | 6 - | i -
我们是纪检监察人　打铁自身硬　　　忠诚

6 5 6 | 2 - | 5·3 5 6 0 | 7·3 2 i 7 | 6 - | 6 - :‖ 6 - | 6 -
留芳名　干净担当　无悔人　生　　　　　　生

3 6·6 | i 6 | 7 5 | 6 - | 7·6 5 2 | 3 - | 3 - | 6 - | i -
我们是纪检监察人　打铁自身硬　　　忠诚

6 5 6 | 2 - | 5·3 5 6 0 | 7·3 2 i 7 | 6 - | 6 - | 7·3 | 2 -
留芳名　干净担当　无悔人　生　　　　　　　无悔

2 - | 2 0 | 0 | i·7 | 6 - | 6 - | 6 - | 6 - | 6 0 ‖
人　生

大爱无边

你那宽广的胸怀,
装满人间的大爱,
多少回雪中送炭,
驱散贫寒的阴霾,
温暖今天温暖未来,
为了社会幸福和谐。
大爱无边,功德无限,
你是人民最美的期待。

你用崇高的博爱,
承载圣洁的情怀,
多少回雨中送伞,
玫瑰余香萦天外,
感动山川感动沧海,
为了祖国春色满园。
大爱无边,功德无限,
你是人民永远的信赖。

大爱无边

徐怀亮 作词
张新化 作曲

1=F 4/4

慢 深情地

3 5 6 5 6 3 2 5 | 1 - | 2 2 1 2 3 5 5 6 | 5· - | 6 1 6 6 5 6 5 3 |
你那 宽广的 胸　　怀　　装满了人间的大　爱　　多少回雪中送炭
你用 崇高的 博　　爱　　承载着圣洁的情　怀　　多少回雨中送伞

2 2 2 1 6 5 5 2 3 | 2· - | 3 2 2 1 2 2 3 5 5 6 1 1 6 | 6 6 5 6 5 5 3 2 1 6· |
驱散 贫寒的 阴　霾　　温暖 今天 温暖 未来　为了社会 幸福 和　谐
玫瑰 余香 萦　　天　外　　感动 山川 感动 沧海　为了祖国 春色 满　园

6 5 6 5 6 6 5 6 5 5 3 | 3 2 2 3 2 1 6 5 2 1 | 1· - | 3 5 6 1 - |
大爱 无边 功德 无限　你是人民 最美的 期　待　　啊
大爱 无边 功德 无限　你是人民 最美的 信　赖

6 1 2 1 2 5 - | 6 1 2 6 - | 6 5 3 2 6 5 - |
啊　　　　　　　　啊　　　　　　啊

6 1 2 2 1 1 1 6 6 5 5 | 6 6 5 6 5 3 3 5 2 1 6· | 6 5 6 5 6 6 5 6 5 5 3 |
温暖 今天 温暖 未来　为了社会 幸福 和　谐　大爱 无边 功德 无限
感动 山川 感动 沧海　为了祖国 春色 满　园　大爱 无边 功德 无限

3 2 2 3 2 1 6 5 2 1 | 1· :‖ 5 5 5 6 1 | 1 - - - | 1 0 0 0 ‖
你是人民 最 美的 期　待　　最美的 信　　赖
你是人民 最 美的 信　赖

党旗恋歌

看到那金色的镰刀锤头，
就想到你的神圣初心，
长夜里点亮一盏明灯，
百年风雨逐梦前行，
逐梦前行。
热血铸峥嵘，
你让中国人民站立挺胸。
啊，经天纬地战苍穹，
你让祖国永远繁荣昌盛。
你把人民装在心中，
你是幸福吉祥的化身，
我把心中深情的恋歌，
献给你，献给你。
荣辱与共一起圆梦，
荣辱与共一起圆梦。

看到那鲜艳的中国红，
就想到你的理想恢宏，
千帆竞发担起使命，

百年航程逐浪前进，
逐浪前进。
霞光披彩虹，
你让神州大地富裕文明。
啊，百年炉火照天地，
你让祖国永远蒸蒸日上。
你把人民装在心中，
你是幸福吉祥的化身，
我把心中深情的恋歌，
献给你，献给你。
荣辱与共一起圆梦，
荣辱与共一起圆梦。

党旗恋歌

徐怀亮 作词
桑洁 塔拉 作曲

1=G 2/4
中速

(1· 76 | 5 24565 | 5 - | 5 - | 1 5 1 | 65 456 | 2 - | 2 - |
f

0 71 | 2· 5 | 7· 65 | 12 1· | 7· 1 22 | 44 32 | 5 - | 5 -)

2 5 6 | 5432·2 | 5 24565 | 5 - | 1 5 6 | 5432 | 5171 | 232·

看到那金 色的镰刀锤 头 就想到你 的 神圣初 心
看到那鲜 艳的中国 红 就想到你 的 理想恢 宏

1 765 | 712 | 22 656 | 42· | 7· 1 22 | 5·2 121 | 45 212 | 5 -

长夜里点亮 一盏明 灯 百年风雨 逐梦前行 逐梦前 行
千帆竞发 担起使 命 百年航程 破浪前进 破浪前 进

2· 12 6 | 4565 | 5 - | 5· 45 | 6·6 62 | 55 456 | 2 - | 2 -

热血铸峥 嵘 你让中国人民 站立挺 胸
霞光披彩 虹 你让神州大地 富裕文 明

1· 71 | 2 - | 5·2 56 | 432 | 0 71 25 | 44 5 | 6 2 | 565·

啊 经天纬地 战苍穹 你让祖国永远 繁荣昌盛
啊 百年炉火 照天地 你让祖国永远 蒸蒸日上

5 - | 1· 5 | 6 24565 | 565· | 5 - | 5 1 5 | 65 456 | 42·

你 把 人民装在 心中 你 是 幸福吉祥 的化身

2 - | 0 71 | 2 5·5 | 7· 65 | 12 1· | 0 71 | 2 - | 0 432

我把 心中 深情的恋歌 献给 你 献给

56
5 - | 5 - | 7· 1 22 | 44 32 | 5 - | 5 - ‖ 7· 1 22 | 43 26

(结束)

你 荣辱与共 一起圆 梦 荣辱与共 一起圆

5 - | 5 - | 5 - | 5 0 ‖

梦

党旗恋歌

徐怀亮 作词
赵勇 作曲

1=F 4/4

(0 3 2 3 1 1 5 | 5 6 5· 5 - | 0 6 5 6 3· 5 1 6 | 2 3 2· 2 - |)
看到那金色的镰刀　　就能感到你的神圣
看到那金色的锤头　　就能感到你的恢宏
看到那鲜艳的中国红　就能感到你的龙马精神

0 1 2 3 5 3· | 0 3 2 3 1 2 6· | 0 2 2 2 1 2 #4 | 6 7 5 - - - | 6· 5 6 1 |
长夜中点亮　　一盏明灯　百年风雨逐梦前行　热血铸峥
千帆竞发　　担起使命　百年航程逐浪前进　霞光披彩
笑傲苍穹　　成就伟业　百年炉火照天明　经天纬地

4· 5 6 5 - | 2· 2 2 2 3 1 6· | 6 5 2 3 - | 6· 5 6 1 | 1· 5 6 - |
嵘　　　　你让祖国人民　站立挺胸　热血铸峥嵘
虹　　　　你让神州大地　富裕文明　霞光披彩虹
建奇功　　你让祖国永远　繁荣昌盛　经天纬地建奇功

2· 3 2 1 6 6 | 5 - - - | 0 6 5 6 3 5· 6 | 1 - - - ‖ 3· 2 1 5 1 3 |
你让祖国人民　　站立挺胸　　　　　你把人民装在
你让神州大地　　富裕文明
你让祖国永远　　繁荣昌盛

5 6 5· 5 - | 6· 6 5 6 3 1 6 | 3 2· 2 - | 3· 2 1 3 5 | 1· 5 6 - |
心中　　你是幸福吉祥的化身　　我把心中的恋　歌

2· 1 7 6 5 6 | 5 - - - | 1· 7 6 1 | 4· 5 6 - |
献给　　你　　荣辱与共在一起

5 5 5 6 7 1 | 2 - - - | 0 5 6 1 2· 3 | 2 5 6 6 - | 1 - - ‖
在一起圆　梦　　在一起圆梦圆　　　梦

东胜的邀请

敞开北方的胸怀,
捧起圣洁的哈达。
唱起悠扬的长调,
舞起欢乐的安代。
这是草原的深情,
发出心灵的邀请。
守望相助一首歌,
真诚在流淌。
东胜在期盼,
东胜在等候。
同创千秋业,
共圆中国梦。

带着高原的真情,
亮出蔚蓝与纯净。
拥抱五洲大地,
笑迎四海兄弟。
今天架起连心桥,
明天携手绘美景。

守望相助一首歌，
真诚在流淌。
东胜在期盼，
东胜在等候。
同创千秋业，
共圆中国梦。

东胜的邀请

徐怀亮 作词
周凯强 作曲

1=♭E 转 C

热情地 ♩= 72

(6·3 | 3 - | 2·3 12 | 6 - | 2·1 6 1·2 | 3 - | 3 - | 6·3 3 - | 2·3 23 |

2 - | 0 3 2 3 | 5 3 2 1 | 6 - | 6 -) ‖: 6·3 | 3 23 | 1 23 | 6 - | 2·3

敞开北方的胸　怀　捧起
带着高原的真　情　亮出

2 6 6 5 6 | 3 - | 3 - | 3 5 3 | 6 6 1 | 1 2 3 | 2 - | 2·3 | 5 3 3 2 3

圣洁的哈　达　　唱起悠扬的长　调　舞起欢乐的安
蔚蓝与纯　净　　拥抱五洲大　地　笑迎四海兄

　　　　　　　　　　　　　　　　　1.
6 - | 6 - | 2·3 | 23 16 | 6 5 6 | 3 - | 5·3 3 5 5 | 2 3 1 | 6 - | 6 - :‖

代　　　这是草原的深　情　发出心灵的邀　请
弟　　　今天架起连心桥

2.　　　　　　　　　　　(前6=后1)
5·3 5 6 | 2 3 1 | 6 - | 6 - | 1 1 5 | 5 - | 3 2 3 | 5 - | 1·2 | 3 2 3 5

明天携手绘美景　　　守望相助　一首歌　真诚在流

2 - | 2 - | 1·5 5 - | 3 2 3 | 6 - | 2·1 6 1 2 3 | 2 - | 2 - | 1 2 3 | 5 -

淌　　东胜在期盼　东胜在等候　同　　创

3 2 3 | 6 - | 5 6 1 | 2 1 2 3 | 1 - | 1 - | (1 - | 1 5 1 3 | 5 - | 5 - | 1 -

千秋业　共圆中国梦

1 5 5·3 | 2 - | 2 - | 0 3 2 3 | 5 - | 0 3 2 3 | 6 - | 5 6 1 2 3 | 1 - | 1 -

(前1=后6)
　　　　　3.
6 - | 6 -) :‖ 5·3 5 6 | 2 3 1 | 6 - | 6 - | 1 1 5 | 5 - | 3 2 3 | 5 - | 1·2
　　　D.S.
　　　　　　明天携手绘美景　　　守望相助　一首歌　真诚

$\underline{3\ 2}\ \underline{3\ 5}\ |\ \dot{2}\ -\ |\ \dot{2}\ -\ |\ \dot{1}\cdot\underline{\dot{5}}\ |\ \dot{5}\ -\ |\ 3\ \underline{2\ 3}\ |\ 6\ -\ |\ \dot{2}\cdot\underline{\dot{1}}\ |\ 6\ \underline{\dot{1}\ \dot{2}\ \dot{3}}\ |\ \dot{2}\ -\ |\ \dot{2}\ -\ |$

在流淌　　　东　胜　在期盼　东胜在等　候

$\underline{\dot{1}\ \dot{2}\ \dot{3}}\ |\ \dot{5}\ -\ |\ 3\ \underline{\dot{2}\ \dot{3}}\ |\ 6\ -\ |\ \underline{5\ \dot{6}\ \dot{1}}\ |\ \underline{\dot{2}\ \dot{1}\ \dot{2}\ \dot{3}}\ |\ \dot{1}\ -\ |\ \dot{1}\ -\ |\ \dot{1}\ \underline{\dot{2}\ \dot{3}}\ |\ \dot{5}\ -\ |$

同　创　千秋　业　共圆　中国梦　　　　同　创

$3\ \underline{\dot{2}\ \dot{3}}\ |\ 6\ -\ |\ \underline{5\ \dot{6}\ \dot{1}}\ |\ \underline{\dot{2}\ \dot{3}}\ |\ \dot{5}\ -\ |\ \dot{5}\ -\ |\ \dot{5}\ -\ |\ \dot{5}\ -\ |\ \dot{1}\ -\ |\ \dot{1}\ -\ |\ \dot{1}\ 0\ \|$

千秋　业　共圆　中国　梦

东胜图书馆之歌

美丽的东胜，惠风和畅，
有一个地方，充满阳光。
这里是知识的源泉，
这里是文明的殿堂，
这里有人类进步的阶梯，
这里有无穷的宝藏。
千秋历史，浩瀚星空，
我们心中最美的地方。

美丽的东胜，百花怒放，
有一个地方，充满芬芳。
这里是智慧的海洋，
这里是精神的天堂，
这里有巨人高高的肩膀，
这里有七彩的梦想。
沐浴书香，净化灵魂，
我们心中永远的向往。

东胜图书馆之歌

徐怀亮 作词
周凯强 作曲

1=♭E 2/4
♩=70

(0 5 | 1— | 1 212 3— | 3 1 5— | 5 656 7— | 7— | 0 32i 7 6·3 |

5— | 5— | 0 32i 7 5·3 | 6— | 6— | 35 3 20 | 12i 60 |

3·563 | 2 56 | i— | i—‖ 35 3 | 6565 | 32123 5— | 561 2 |
　　　　　　　　　　　　　美丽的东　胜惠风和　畅　有一个
　　　　　　　　　　　　　美丽的东　胜百花怒　放　有一个

3 2 35 | 53 165 | 2— | 32355 6 53· | 321 223 16· |
地　方 充满阳　光　　这里是知识的源泉　这里是文明的殿堂
地　方 充满芬　芳　　这里是智慧的海洋　这里是精神的天堂

　　　　　　　　　　　　　　　　　　　　1.　　　　　　2.
11235 | 65653 | 0235 | 32362 | 1— | 1—‖ 0356 |
这里有人类 进步的阶梯 这里有 无穷的宝　藏　　　　这里有
这里有巨人 高高的肩膀

i2i6i | 2— | 2— | 3·5 i2 | 3— | 3·2 2i2 | 5— | 56i 2 | i653 |
七彩的梦　想　　　千秋历　史　浩瀚星　空　我们　心　中

556 53 | 2— | 3·5 i2 | 3— | 3·2 2i2 | 6— | 3·563 | 323 656 |
最美的地　方　沐浴书　香　净化灵　魂　我们心中 永远的向

i— | i— | (5·3 2136 3 | 5— | 5— | i·6 56i23 | 2— | 2— | 0323 |
往

$2\cdot\underline{1}|7\underline{5\cdot3}6-|\underline{3\cdot5}\underline{63}\ \underline{2}\ \underline{56}|\dot1-|\dot1-)|3\ 5\ 3|\underline{65}\underline{65}|3\ \underline{21}\underline{23}|$

美 丽 的 东 胜 百 花 怒

$5-|\underline{56}\ \underline{12}|\underline{32}\underline{35}|\underline{53}\ \underline{165}|2-|\underline{3\ 2}\underline{35}\underline{56}|5\ 3\cdot|$

放 有 一 个 地 方 充 满 芬 芳 这里是智慧的海洋

$\underline{32}\underline{12}\underline{23}|\underline{16\cdot}|\underline{11}\underline{23}\ 5|\underline{65}\underline{65}\ 3|\underline{03}\underline{56}|\underline{i}\underline{2i}\underline{6i}|2-|$

这里是精神的天堂 这里有巨人 高高的肩膀 这里有七彩的梦 想

$2-\|\underline{3\cdot5}\underline{i2}|3-|\underline{3\cdot2}\underline{2i2}|5-|\underline{56}\dot1|\underline{i65}3|\underline{555}\underline{53}|2-|$

千秋历 史 浩瀚星 空 我们 心中最美的地 方

$\underline{3\cdot5}\underline{i2}|3-|\underline{3\cdot2}\underline{2i2}|6-|\underline{3\cdot5}\underline{63}|\underline{3\cdot2}\underline{3}\underline{656}|$

沐浴书 香 净化灵 魂 我们心中 永远的向

$\dot1-|\dot1-\|\underline{22}\ 3|2-|\underline{56}|\dot1-|\dot1-|\dot1\ 0\|$

往 永远的 向 往

东胜，真好！

司马迁秦直道上匆匆走过，
王昭君怀抱琵琶向北远眺，
森吉德玛从这里出嫁他乡，
留下了一首动人的歌谣。
一半历史记忆，一半故事萦绕，
日出东方，美不胜收，
多想走进你的怀抱，
东胜真好，东胜真好！
北疆暖城，幸福环绕，
一生托付在你的怀抱，
爱情永远不会变老，
东胜真好，东胜真好！

泊江海绿水青山醉了你我，
罕台川田园牧歌分外妖娆，
世界绒都在这里天下知道，
幸福的好日子不会迟到。

一半人间烟火，一半书香味道，
驭风逐光，如此多娇，
总想把你紧紧拥抱，
东胜真好，东胜真好！
北疆暖城，幸福环绕，
一生托付在你的怀抱，
爱情永远不会变老，
东胜真好，东胜真好！

东胜，真好！

徐怀亮 作词
周凯强 作曲

1=G 4/4
♩=96

0 5̣ 6̣ 1 2 3 2 1 | 2 1 6̣ 1· 1 | 0 5̣ 6̣ 1 3 5 6 5 | 5 1 3 2· 2 |
司马迁秦直道上 匆匆走过　　　王昭君怀抱琵琶 向北远眺
泊江海绿水青山 醉了你我　　　罕台川田园牧歌 分外妖娆

3 5 5 3 6 5 6 | 3 2 3 6· 6 | 0 5̣ 6̣ 1 3 2· | 5 1 1 3 2· 2 |
森吉德玛从这里 出嫁他乡　　留下了一首　动人的歌谣
世界绒都在这里 天下知道　　幸福的好日　子不会迟到

5̣ 6̣ 1 2 3 5 2 1 | 2 1 6̣ 1· 1 | 5̣ 6̣ 1 3 | 5 1 3 2· 2 |
一半历史记忆一半 故事萦绕　日出东方 美不胜收
一半人间烟火一半 书香味道　驭风逐光 如此多娇

3 5 6 5· | 3 2 3 6 — | 5̣ 1 3 2· | 6̣ 1 2 1· 1 ‖ D.S.
多想走进 你的怀抱　东胜真好 东胜真好
总想把你 紧紧拥抱　东胜真好 东胜真好

1 3 5 1̇ | 2̇ 1̇ 2̇ 5· 5 | 1̇ 2̇ 1̇ 6 5 | 1 2 3 2· 2 |
北疆暖城 幸福环绕　一生托付在你的怀抱

1 3 5 1̇ | 2̇ 1̇ 2̇ 6· 6 | 6 1̇ 5 3̇ 1 | 6̣ 1 2 1· 1 :‖ D.C.
爱情永远 不会变老　东胜真好 东胜真好

1 3 5 1̇ | 2̇ 1̇ 2̇ 5· 5 | 1̇ 2̇ 1̇ 6 5 | 1 2 3 2· 2 |
北疆暖城 幸福环绕　一生托付在你的怀抱

1 3 5 1̇ | 2̇ 1̇ 2̇ 6· 6 | 6 1̇ 5 3̇ 1 | 6̣ 1 2 1· 1 :‖
爱情永远 不会变老　东胜真好 东胜真好

6 1̇ 5 3 | 5 2 2 — — | 2 0 0 2 | 1̇ — — — | 1̇ — — — | 1̇ 0 0 0 ‖
东胜真好 东胜　　　　真　好

鄂尔多斯小夜曲

一轮明月挂在天上，
羔羊静卧在温馨的牧场，
点点繁星闪耀着笑容，
远处传来马头琴歌唱。
在这迷人的夜晚，
梦里都是浓浓的奶香。
鄂尔多斯的夜晚啊，
如此甜蜜，如此安详。

一缕和风吹过脸庞，
孩子甜蜜在母亲身旁，
湖面荡起微微的波浪，
大雁舞动婀娜的翅膀。
在这醉人的晚上，
到处都是生活的芬芳。
鄂尔多斯的夜晚啊，
如此甜蜜，如此安详。

鄂尔多斯小夜曲

(女声独唱)

徐怀亮 作词
桑洁 塔拉 作曲

$\underline{1}$·$\underline{6}$ | $\underline{5}$ $\underline{3}$· $\underline{3}$ - | 0 $\underline{5}$ $\underline{3}$ $\underline{5}$ $\underline{6}$ | $\underline{3}$ $\underline{5}$ 3 $\underline{6}$ | $\underline{2}$ $\underline{3}$ 2· | 2· $\underline{3}$ |

啦　啦　啦啦　　　　如此甜蜜如此　安　详

$\underline{5·}$ $\underline{3}$ $\underline{6}$ $\underline{3}$ | $\underline{3·}$ $\underline{5}$ $\underline{1}$ $\underline{6·}$ $\underline{6}$ - | $\underline{2}$ $\underline{3}$ $\underline{\overset{5}{6}}$ - | 6 - | 6 - | 6 - | 6 0 ‖

如　此　　安详　　安　详

鄂尔多斯科技人

仰望星空是你的憧憬，
河流山川有你的背影，
草原大漠洒下你的汗水，
田间地头留下你的脚印。
实验室的灯火亮到天明，
矿山深处充满你的热忱。
鄂尔多斯科技人，
苦过累过默默无闻，
为了人民绽放笑容，
大地上写满无限忠诚。

严寒中有你为民的故事，
烈日下挥洒你的勤奋，
风风雨雨有你的担当，
科技报国亮出你的胸襟。
走过万水千山不忘使命，
牢记创新自信勇攀高峰。
鄂尔多斯科技人，
苦过累过默默无闻，
为了人民绽放笑容，
大地上写满无限忠诚。

鄂尔多斯科技人

徐怀亮 作词
贺继成 作曲

1=♭B 2/4

深情 动感地 ♩=62

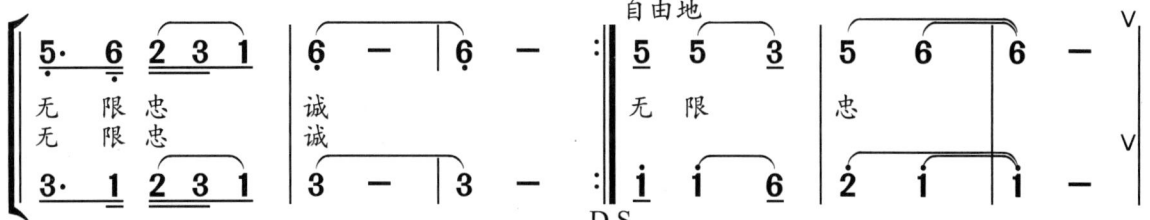
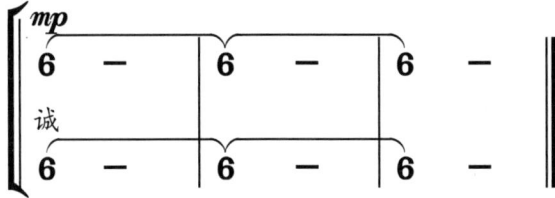

放飞梦想

踏着歌声，迎着晨光，
新朋老友结为同窗，
走进人生新的课堂，
琴棋书画描绘梦想。
分享了快乐，
收获了力量。
伊金霍洛老年大学，
壮志不老，心花怒放，
奉献余热再远航，
这里是放飞梦想的地方！

带着笑容，迎着太阳，
身心健康，老当益壮，
幸福人生，美好时光，
文化传递着正能量。
灿烂了晚霞，
醉美了夕阳。
伊金霍洛老年大学，
壮志不老，心花怒放，
奉献余热再远航，
这里是放飞梦想的地方！

放飞梦想

徐怀亮 作词
周凯强 作曲

1=D 2/4

热情 赞美地 ♩=70

共同的家园

五十六朵鲜花结成彩带,
五十六声鸽哨飞扬着欢快,
你在千里草原守望北京,
我在黄河两岸张灯结彩。
我们都是中华儿女,
黑头发亮出最美的风采。
我们都是中华儿女,
同一条根脉里热血澎湃。
彩云之南浑厚的象脚鼓,
奏响大中国铿锵豪迈。
白头山优雅的长鼓舞,
舞出大中华无限精彩。
大西北的花儿动起来,
党的颂歌传遍天籁。
天堂草原拉响马头琴,
各民族心连心春常在。

五十六条小河汇成大海,
五十六个兄弟相亲相爱,

你守护边疆信念不改,
我在帕米尔筑梦花开。
我们都是中华儿女,
黄皮肤筑起雄壮的山脉。
我们都是中华儿女,
同一首歌曲抒发着热爱。
彩云之南浑厚的象脚鼓,
奏响大中国铿锵豪迈。
白头山优雅的长鼓舞,
舞出大中华无限精彩。
大西北的花儿动起来,
党的颂歌传遍天籁。
天堂草原拉响马头琴,
各民族心连心春常在。

共同的家园

徐怀亮 作词
桑洁 塔拉 作曲

1=F 2/4 4/4

①热烈地 ♩=140

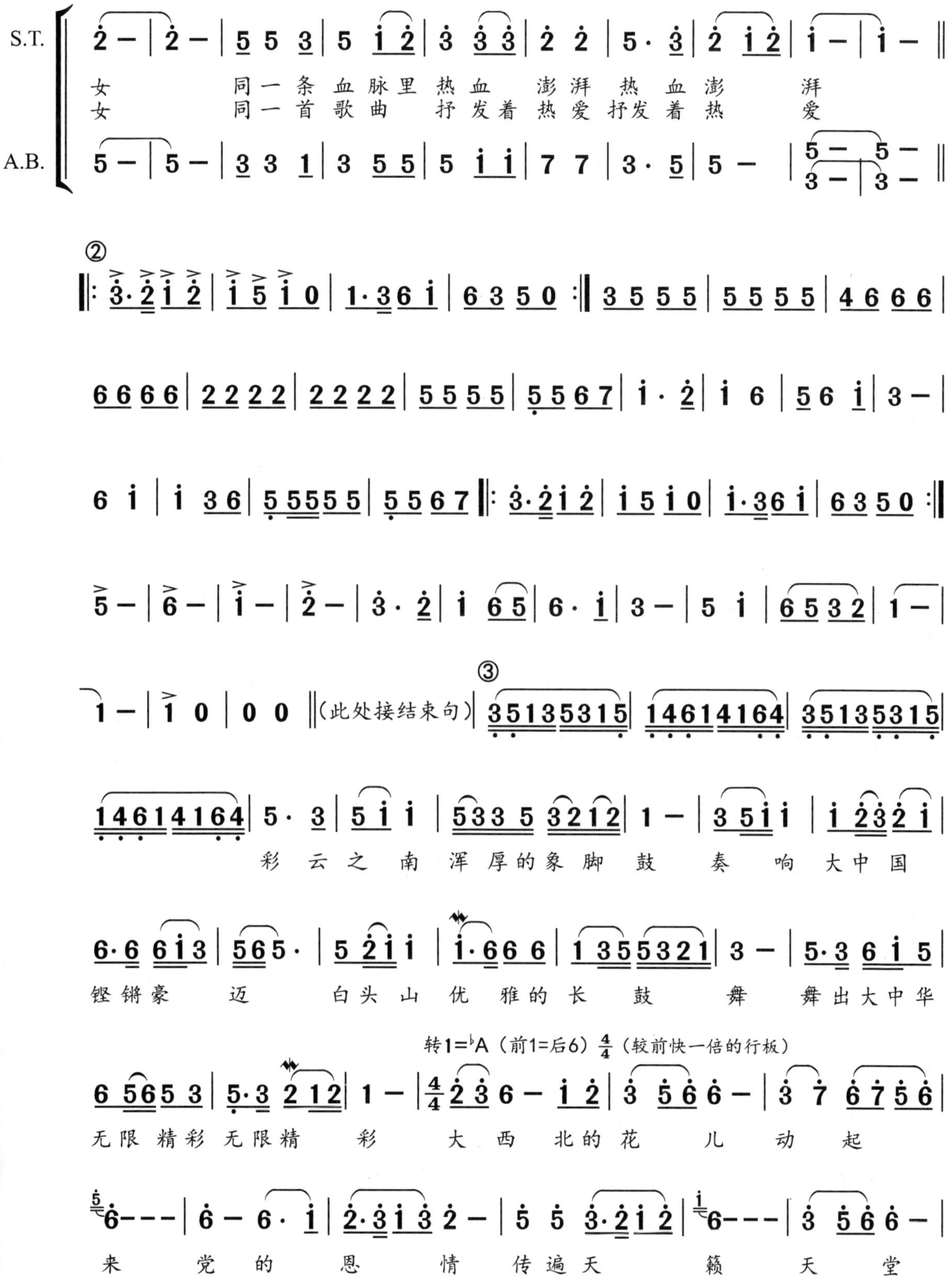
S.T.
女 同一条血脉里热血 澎湃热血澎 湃
女 同一首歌曲 抒发着热爱抒发着热 爱
A.B.
②
（此处接结束句）
③
彩云之南浑厚的象脚鼓 奏 响 大中国
铿锵豪 迈 白头山优雅的长 鼓 舞 舞出大中华
转1=♭A（前1=后6）4/4（较前快一倍的行板）
无限精彩无限精 彩 大西 北的花 儿 动 起
来 党 的 恩 情 传遍天 籁 天 堂

草原拉响马头琴

各族儿女团结春常在

(合唱)

S.T. 彩云之南 浑厚的象脚鼓 奏响大中国 铿锵豪迈

A.B.

S.T. 铿锵豪迈 白头山 优雅的长鼓

A.B.

S.T. 舞 舞出大中华 无限精彩 无限精彩

A.B.

(反复到最后②
完了接结束句)

(慢)结束句 1=F

f

抒发着热爱

故乡那片贫瘠的土地

朝也想起你，
暮也想起你，
故乡那片贫瘠的土地。
想起童年爬山的淘气，
想起少年牧羊的足迹。
难忘母亲日夜的操劳，
养育了多少姐妹兄弟。
告别熟悉的坡坡洼洼，
让我拥有了一个你。
无论是富贵还是贫穷，
故乡啊，是我深深眷恋的土地。

笑也想起你，
哭也想起你，
故乡那片贫瘠的土地。
想起春天饥饿的滋味，
想起冬天寒冷的哭泣。
难忘父亲艰难的步履，
拉扯了多少兄弟姐妹。

越过梦中的沟沟岔岔,
让我把一切面对。
无论是落魄还是荣归,
故乡啊,是我深深思念的土地。

故乡那片贫瘠的土地

徐怀亮 作词
赵勇 作曲

1=F 4/4 2/4

深情地 ♩=65

(1· 5 6 1 2 6 | 1 - - - | 2· 1 7 6 3 | 5 - - - |
1· 5 6 1 | 5 1 2 3 6 - | 0 6 1 3 2 5 5 6 | 1 - - -)

5 6 1 2 3 - | 2 1 2 3 6 5 - | 1· 1 1 6 5 6 1 | 2 3 2· 2 - |
朝 也 想 起 你　　暮 也 想 起 你　　故 乡 那 片 贫 瘠 的 土 地
笑 也 想 起 你　　哭 也 想 起 你　　故 乡 那 片 贫 瘠 的 土 地

1 2 3 6 3 5 - | 2 3 5 6 7 6· | 0 2 2 2 3 5 3 5 5 6 | 1 - - - |
想 起 童 年　　爬 山 的 淘 气　　想 起 少 年 牧 羊 的 足 迹
想 起 春 天　　饥 饿 的 滋 味　　想 起 冬 天 寒 冷 的 哭 泣

5 5 3 5 6 1 | 7 6 7 6 3 5 - | 6 6 6 5 6 1 1 | 2 - - - |
难 忘　母 亲　日 夜 的 操 劳　　养 育 了 多 少 姐 妹 兄 弟
难 忘　父 亲　艰 难 的 步 履　　拉 扯 了 我 们 兄 弟 姐 妹

3· 2 3 5· 5 5 3 | 6· 1 1 2 3 6 - | 2· 2 2 1 1 2 6 | 6 7 5 - - - |
告 别 熟 悉 的 坡 坡 洼 洼　　让 我 拥 有 了 一 个 你
越 过 梦 中 的 沟 沟 岔 岔　　让 我 把 一 切 面 对

1 1 5 6 5 6 1 | 7 6 7 6 5 6 - | 0 3 2 1 2 3 6· | 0 1 2 3 6 6 7 6 3 |
无 论 是 富　　贵 还 是 贫 穷　　故 乡 啊 是 我　　深 深 眷 恋 的 土
无 论 是 落　　魄 还 是 荣 归　　故 乡 啊 是 我　　深 深 思 念 的 土

5 - - - | 1 1 5 6 5 6 1 | 7 6 7 6 5 6 - | 0 3 2 1 2 3 5 |
地　　无 论 是 富　　贵 还 是 贫 穷　　故 乡 啊 是 我
地　　无 论 是 落　　魄 还 是 荣 归　　故 乡 啊 是 我

1.
| 0 6 1 3 2 5 6 | 2/4 5 5 6 | 4/4 1 - - - ‖
  深 深 眷 恋 的　 土　　地
D.C.

2.
‖ 0 6 1 3 2 5 6 | 7 - 5 2 | 1 - - - ‖
  深 深 思 念 的 土　　　地

故乡那片贫瘠的土地

(女声独唱)

徐怀亮 作词
何丕光 作曲

1=♭E 2/4

抒情 赞美地

(5 535 356 | 1·6 | 1 233 232 | 1·6 | 56 1 65 32 | 5·3 | 22 23 |

2·3 21 6 | 1 — | 1 —) | 5 6 1 65 32 | 1 — | 1 23 21 6 | 5 — | 5·6 1 |
　　　　　　　　　 朝也想起　你　暮也想起　你　故　乡
　　　　　　　　　 笑也想起　你　哭也想起　你　故　乡

6 6 1 6 56 | 1 1 6 | 1 2 3 5 | 2 — | 6 1 1·2 | 3 2 3 2 3 | 5 3 5·6 | 1 1 6 5 6 |
那片　　贫瘠的土　　　地　　茅庐草舍酸甜苦辣古树老井欢乐悲喜
那片　　贫瘠的土　　　地　　油灯下母亲缝补岁月泥土上父亲耕种四季

5 5 6 5 3 | 2 3 2 3 | 6 6 1 5 3 5 6 | 1 — | 3·2 3 | 1 6 1 6 | 2·6 5 — |
沟沟岔岔流淌　长长的记　　忆　　啊
坡坡洼洼洒满　苦涩的回　　忆

2·1 2 3 | 5 5 6 1 2 3 5 | 2 1 2 1 | 3 — | 2·3 5 6 | 1 1 6 1 | 2 2·2 — |
故乡那片贫瘠的土　　　地　　　　爱过恨过相伴　相依

3 3 2 2 | 2 2 2 3 | 5 — | 5 — | 1 1 6 1 | 2 — | 5 5 3 5 | 6 — |
聚过散过不离不　弃　　走千　山　涉万　水

5 5 3 5 6 | 1 — | 6 6 5 6 1 | 2 — | 5 3 3 2 2 2 | 1 6 5 3 | 2 1 2 3 |
是贫　　穷是富　贵　故乡啊我永远　走不出的土

5 — | 5 — | 2 2 2 3 | 2 1 6 | 1 — |
地　　　　走不出的土　　　地

结束句
1 — ‖: 2 2 | 2·3 | 2 1 6 | 1 — 1 — ‖
D.C. 走不出的土　　地

· 78 ·

故乡那片贫瘠的土地

徐怀亮 作词
童艺 作曲

1=C 4/4

深情地 ♩=70

(3 6 7 1 — 7 6 7 | 3 — 5 6 7 6 | 6 5 3 2 3 5 3 — |

3 6 7 1 — 1 7 1 | 3 — — 1 6 5 | 6 — — — |)

3 6 6 3 6 1· 1· 0 | 3 2 3 5 3 7 6 6 — | 5· 6 6 6 5 6 3 |
朝 也 想 起 你   暮 也 想 起 你   故 乡 那 片
笑 也 想 起 你   哭 也 想 起 你   故 乡 那 片

1 6 5 6 4 3 2 — | 1 2 3 5 2 1 7 6 | 6 1 2 6 5 3 — |
贫 瘠 的 土 地   想 起 童 年 爬 树 的 淘 气
贫 瘠 的 土 地   想 起 春 天 饥 饿 的 滋 味

1 1 6 5 3 2 | 6 5 5 3 2 1 — | 3 3 2 3 3 2 1 1 1 2 1 1 |
想 起 少 年 牧 羊 的 足 迹   难 忘 母 亲 那 慈 祥 的 笑 容
想 起 冬 天 寒 冷 的 哭 泣   难 忘 父 亲 那 期 待 的 眼 神

3 3 2 3 3 2 1 1 1 2 1 1 | 2 2 1 2 2 3 5 5 6 5 5 | 5· 6 1 6 5 3 2 |
养 育 了 多 少 有 志 的 姐 妹 告 别 那 熟 悉 的 坡 坡 洼 洼 无 论 是 富 贵
送 走 了 多 少 铁 骨 的 兄 弟 北 望 那 梦 中 的 沟 沟 岔 岔 无 论 是 落 魄

1 6 5 6 4 3 2· 3 2 | 3· 5 2 1 7 6 — | 5 6 5 3 2 5 2 |
还 是 贫 穷   故 乡 啊 故 乡   让 我 深 深 思 念 的
还 是 锦 衣   故 乡 啊 故 乡   让 我 深 深 眷 恋 的

2 3 1 — — | 1 — — 0 ‖
土 地
土 地
D.C.

故乡那片贫瘠的土地

徐怀亮 作词
贺妮 作曲

1=F 2/4

深情 激动地 ♩=62

(唢呐)

‖: 6·6 6 3 | 5 6 2 1 7 | 6 — | 6·6 6 2 | 2 2 3 1 2 | 3 — | 0 5 3 5 | 6 2 | 2 — |

(二胡)

2 — | 7 7 2 | 3·3 2 7 | 2 7 5 | 6 — | 6 —) | 6·6 5 3 5 | 6 1 6· | 3 6 6 5 3 2 |
　　　　　　　　　　　　　　　　　　　　　　　　　朝 也 想 起　你　　暮 也 想 起
　　　　　　　　　　　　　　　　　　　　　　　　　笑 也 想 起　你　　哭 也 想 起

2 — | 3·3 2 1 6 | 3·5 3 2 2 6 | 6 6 6 5 3 | 2 3 5 3 2 1 | 0 5 3 5 | 6 2 6· |
你　 故乡那片贫瘠的土地　茅庐 草舍　酸甜 苦辣　　古树　老井
你　 故乡那片贫瘠的土地　油灯下母亲缝补岁月　　泥土上父亲

2 2 3 5 | 3 — | 2·2 2 3 | 5 3 2 1 | 7 3·3 5 6 7 | 6 — | 6 — | 6·6 6 3 |
欢乐 悲喜　　沟沟 岔岔　流 淌　长 长 的 记　忆　　　　　　故乡那片
耕种 四季　　坡坡 洼洼　洒 满　苦 涩 的 回　忆　　　　　　故乡那片

5 5 6 2 1 7 | 6 — | 6·6 6 2 | 2 2 3 1 2 | 3 — | 6·6 6 3 | 5 5 6 2 1 7 | 6 — |
贫瘠的土　　地　　爱过恨过　相伴相依　　聚过散过　不离不弃
贫瘠的土　　地　　爱过恨过　相伴相依　　聚过散过　不离不弃

6·6 6 2 | 2 6 5 3 2 | 2 — | 3·5 3 2 1 | 2·3 1 7 6 | 0 5 3 5 | 6 2 | 2 — | 2 — |
走千山　涉万水　　　是贫穷是富贵　故乡　故乡啊
走千山　涉万水　　　是贫穷是富贵　故乡　故乡啊

7 7 2 | 3·3 2 7 | 2 7 5 | 6 — | 6 — :‖
我 永 远　走不出的　黄土　地 D.C.
我 永 远　走不出的　黄土　地

慢

7·7 7 2 | 7·7 7 3 | 5 6·7 | 6 — | 6 — | 6 — ‖
我 永 远　走不出的　黄 土　地

故乡的小路

披一身月光,
走在村头的小路上,
不见了曾经的土坯房,
不见了当年的篱笆墙,
有过多少雨雪风霜,
乡愁轻轻流淌。

抚一抹斜阳,
走在弯弯的小路上,
忘不了童年的梦想,
忘不了少年的忧伤,
与往事咫尺相望,
都是游子情长。

故乡的小路,
伴我成长,
故乡的小路,
有母亲的泪光,
送我走出故乡,

故乡的小路,
写满正直善良,
故乡的小路,
伴我走向远方,
永远没有迷失方向!

故乡的小路

1=D 2/4

徐怀亮 作词
谭士俊 作曲

深情地 ♩=56

p

6·3 321 | 23· | 223 211 | 7̣65 6̣ | 116 123 | 565 3 |
披 一身 月 光 走在村头的小路 上 不见了曾经的土坯房
抚 一抹 斜 阳 走在弯弯的小路 上 忘不了童年的梦想

6 6 6 5 3 2 | 1 2 3 2 | 1·2 3 5 | 6 5 6 1 2 | 3 — | 3 — |
不见了当年的篱笆 墙 有过多少 雨雪风 霜
忘不了少年的忧 伤 与 往事 咫尺相 望

6 5 3 | 2·1 2 3 | 6̣ — | 6̣ — | 6 6 3 6 1 2 | 1 — |
乡 愁 轻轻流 淌 故乡的小 路
都 是 游子情 长 故乡的小 路

7 6 7 6 6 5 | 3 — | 6̣ 3 3 2 1 | 2 3 2· | 1 2 3 5 6 7 | 6 — |
伴我成 长 故乡的小 路 有母亲的泪光
写满正直善良 故乡的小 路 伴我走向远方

1̇ 1̇ 6 | 5 6 5 3 | 4·3 2 5 | 6 — | 6 5 3 2 3 1 | 6̣ — :‖
送我 走 出 故 乡 走出 故 乡
永远 没 有 迷失方 向 没有 迷失方 向

1̇ 1̇ 2̇ 1̇ 6 5 | 6 — | 2̇· 2̇ 1̇ 6 6 | 5 6 5 3 | 4·3 2 5 | 6 — |
故乡的小 路 写满正直和善 良 伴我走 向

pp
6 5 3 2 3 | 6̣ — | 5·3 7 6 5̣ | V 6 — | 6 — | 6 — :‖
走向远方 走向远 方

杭锦古如歌

蓝色的夜空,
寂寞着谁的灵魂?
悠长悠长的马头琴,
或明或暗或远或近,
一草一木的呼吸,
母亲慈祥的声音,
那是天堂妙音,
流动生命的永恒。
古如歌,古如歌,
库布其的前世今生,
古如歌,古如歌,
穿沙精神高贵的灵魂。
古如歌,古如歌,
沉醉绿水青山中。

辽阔的杭锦,
拨动着谁的心灵?
久远久远的古如歌,
亦真亦幻风声雨声,

一枯一荣的往事，
七星湖的光影，
匈奴金冠迷踪，
呼唤万物感恩。
古如歌，古如歌，
库布其的前世今生，
古如歌，古如歌，
穿沙精神高贵的灵魂。
古如歌，古如歌，
沉醉绿水青山中。

注：歌词中的"穿沙精神"是为了以简洁精炼的语言表达解放思想、艰苦奋斗、不屈不挠、敢为人先的修建"穿沙公路"的精神。

杭锦古如歌

徐怀亮 作词
新吉乐图 作曲

1=♭E 4/4

深情 歌颂地 ♩=60

6 6 3 2 3 1 6 | 3· 3 5 6 7· 7 5 6 3 | 6 - - 0 |
蓝色的夜　空　寂寞着　谁的灵　　魂
辽阔的杭　锦　拨动着　谁的心　　灵

6· 1 1 6 1 5 6 5 3 | 2· 3 1 6 5· 6 6 1 5 | 3 - - 0 |
悠长悠长的马头琴　或明或暗或远或　近
久远久远的古如歌　亦真亦幻风声雨　声

5· 5 5 3 5 6 1 6 5 | 3· 3 3 6 6 1 2 2 1 6 | 6 5 5 6 1 2 3 2 2 3 |
一草一木的呼　吸　母亲慈祥的声　　音　那是天堂妙音
一枯一荣的往　事　七星湖的光　　彩　匈奴金冠迷踪

1.
5· 1 2 3 3 2 1 6 - ‖

2.3.
5· 1 2 3 3 2 1 6 - | 3· 2 3 6· 5 |
呼唤万物　感恩　古　如　歌
流动生命的永恒

3 5 6 2 1 6 - | 6· 1 1 6 1 6· 1 2 3 6 5 | 3 - - 0 |
古　如　歌　库布其的前世今　　生

3· 3 5 6· 5 | 3· 6 1 2 2 3 2 - | 1· 2 3 5 3 3 3 5 2 1 |
古　如　歌　古　如　歌　穿沙精神高贵的灵

结束句
6 - - 0 ‖: 5 5 6 7· 7 6 7 | 5 - - - V |
魂　　　　　　沉醉　绿水青　山
D.C.

6 - - | 6 - - | 6 0 0 0 ‖
中

黄河恋歌

恋着你的汹涌澎湃,
恋着你的古老沧桑,
恋着你的一往无前,
恋着你的激情飞扬。
你是中华民族精神力量,
你是祖国大地血脉流淌。
多少游子为你热泪盈眶,
多少故事有你的荡气回肠。

恋着你的渔舟唱晚,
恋着你的绿树花香,
恋着你的无尽宝藏,
恋着你的昂扬向上。
你孕育了多少英雄儿女,
你让祖国屹立在世界东方。
多少游子为你热泪盈眶,
多少故事有你的荡气回肠。

黄河恋歌

（男女声对唱）

徐怀亮 作词
桑洁 作曲

$1=\flat B$ 4/4 2/4

（前奏略）

我恋着你呀哎黄河　不恋天　不恋地　就恋着你呀我的黄河

（男）恋着你的汹涌澎湃
（女）恋着你的渔歌唱晚

恋着你的古老沧桑　　恋着你的一往无前啊　恋着你的激情飞扬
恋着你的绿树花香　　恋着你的无尽宝藏啊　恋着你的昂扬向上

你是中华民族　精神力量　你是祖国
你孕育了多少　英雄儿女　你让祖国

$\underline{2\cdot\underline{3}\underline{2}1}$ $\dot{1}$ | $6 - 6\underline{2}$ | $\underline{6}\underline{5}{}^{\sharp}\underline{4}\underline{5}$ | $6 - 6 -$ | $\underline{1\cdot 6}$ $\underline{1}\underline{2}$ | $\dot{2}-\dot{2}-$ | $6\underline{2}$ |

大 地 血 脉 流 淌　　多 少 游 子 为 你 热 泪
屹 立 世 界 东 方　　多 少 游 子 为 你 热 泪

$\underline{6\cdot 5}\underline{4}\underline{6}$ | $5 - 5 -$ | $\underline{\dot{1}\cdot\underline{6}}\ \underline{\dot{1}}\underline{\dot{2}}$ | $\dot{5} - \underline{4\cdot 4}\underline{5}$ | $\underline{\dot{2}}\ \underline{2}\underline{6}$ | $5 - 5\underline{45}$ |

盈 眶　　多 少 故 事 有 你 的 荡 气 回 肠 啊
盈 眶　　多 少 故 事 有 你 的 荡 气 回 肠 啊

$6 -$ | $\underline{5\cdot\underline{6}}\underline{4}\underline{5}$ | $\dot{2} - \dot{2} -$ | $\underline{5}\underline{6}$ | $\underline{\dot{1}\dot{2}}\underline{4}\underline{3}$ | $\dot{2} - \underline{\dot{2}}\underline{45}$ | $6 - \underline{5\cdot\underline{6}}\underline{4}\underline{5}$ | $\dot{2} -$ |

黄　　河　　我 的 母 亲 河 啊 黄　　河
黄　　河　　我 的 母 亲 河 啊 黄　　河

$\dot{2} -$ | $\underline{6\cdot 5}\ \underline{3\cdot\underline{2}}\underline{\dot{1}}\underline{\dot{2}}$ | $\underline{\dot{2}}\underline{6}\ 6 -$ | $\underline{6}\underline{6}\underline{6}\ \dot{2} -$ | $\underline{\dot{1}}\underline{7}\underline{6}\ \underline{5}\underline{2}$ | $0\underline{6}\underline{6}$ |

我 的 母 亲 河　　我 不 恋 天 不 恋 地 呀 就 恋 着
我 的 母 亲 河　　我 不 恋 天 不 恋 地 呀 就 恋 着

（慢）（$\underline{5\cdot 5}\ \underline{5}\underline{5}\ \underline{5}\underline{45}$）　　　　　　　　　（还原）

$\dot{2}\underline{45}$ | $5 -$ | $5 -$ | $\underline{4}\underline{\dot{6}\dot{6}}\ \underline{5}\underline{\dot{6}}$ | $\dot{6} - \dot{6} -$ | $\dot{2} - \dot{2} -$ | $\dot{2} - \dot{2} -$ ‖

母 亲 河　　　　　就 恋 着 母 亲　　　河
母 亲

$\underline{\dot{1}}\underline{\dot{1}}\underline{6}$ | $\underline{\dot{1}}\underline{\dot{2}}$ | $\underline{4}\underline{5}$ | $6 - 6 - 6 - 6\ 0$ |

就 恋 着 我 的 母　亲

$5 - | 5 - | 5 - | 5 - | 5\ 0 | 0\ (\dot{2} | 5\ 0)$ ‖

河

火红的石榴火红的花

走过风走过雨，
走过春秋冬夏，
风雨彩虹在一起，
情同手足总相依。
喝着一样的老砖茶，
说着暖暖的心里话，
老砖茶里乳香飘，
心里话满满是牵挂。
大美北疆绽芳华，
你中有我也有他，
火红的石榴火红的花，
同心筑梦大中华。

有过阴有过晴，
阴晴圆缺共天涯，
相亲相爱在一起，
欢歌笑语情依依。
唱着一样的同心歌，
舞出绿水青山美如画，

同心歌里有石榴籽，
中华民族共同的家。
大美北疆绽芳华，
你中有我也有他，
火红的石榴火红的花，
同心筑梦大中华。

火红的石榴火红的花

徐怀亮 作词
周凯强 作曲

1=F 6/8
♩=124

(3·21|5·5·|3·21|6·6·|355 3|3236·|5612 3|
1·1·|1·1·)|3565·|2315·|6 |1563|2·2·|
　　　　　　走过风　走过雨　走　过春秋冬夏
　　　　　　有过阴　有过晴　5116　　　　涯
　　　　　　　　　　　　　　阴晴圆缺共天涯

5365|3236·|2221|61 5·5|353 653|2315·|
风雨彩虹在一起　情同手足总相依　喝着一样的老砖茶
相亲相爱在一起　欢歌笑语情相依　唱着一样的同心歌

6 1216|5632·|355 3|3236·|2235 3|
说　着暖暖的心里话　老砖茶里乳香飘　心里话满满
6116　青山美如画　同心533　石榴籽　中华民族
舞出绿水　　　　　　歌里有

2621·|1·1·|535 1̇ 2̇15·|1̇ 2̇16|5632·|
是　牵挂　　　大美北疆绽芳华　你中有我也　有他
共同的家

35·365|3236·|2 3216|5·5·|35 21·|1·1·:‖D.S.
火红的石榴　火红的花　同心筑　梦　　大　中华

535 1̇ 2̇15·|1̇ 2̇16|5632·|35·365|3236·|
大美北疆绽芳华　你中有我也有他　火红的石榴　火红的花

2 3216|5·5·|35 21·|1·1·|556 1̇|
同心筑　梦　　大　中华　　　　同心筑

2·2·|2·20|2521̇|1̇ 1̇·|1̇·100‖
梦　　　　大　中华

回故乡看亲娘

那一年,
我远走他乡,
你泪眼汪汪,
千叮咛,万嘱咐,
光明磊落,
男儿当自强。
回故乡,看亲娘,
多想穿您缝补的衣裳,
多想喝您端来的热汤。
多想陪您唠唠家常,
多想在您面前痛哭一场。

那一天,
我回到家乡,
你白发苍苍,
左问候,右端详,
出门在外,
有多少恓惶?
回故乡,看亲娘,

多想穿您缝补的衣裳,
多想喝您端来的热汤。
多想陪您唠唠家常,
多想在您面前痛哭一场。

回故乡看亲娘

徐怀亮 作词
贺继成 作曲

1=♭B 2/4

深情 动感地 ♩=60

‖: 6 6 5 4 ⁵6 | 5· 3 2 | 1· 2 3 6 1 | 2 — | 6 6 5 4 ⁵6 | 5· 3 | 2 2 5 2 1 | 6 — |

5· 6 1 2 | 6 5 3 1 | 6 5 3 2 3 6 | 5 — | 5 —) | 3· 2 1 6 | 1 2 3 | 6 2 2 1 6 | 5 — |

　　　　　　　　　　　　　　　　　　　那 一 年 呀 我 远 走 他 乡
　　　　　　　　　　　　　　　　　　　那 一 天 呀 我 回 到 家 乡

1· 6 1 2 | 6 5 3 5 | 6· 3 2 3 1 | 2 — | 6· 7 6 5 6 | 2 3 1 6 2 | 3· 5 3 6 | 5 3 5 6 1 |

你 泪 眼 汪   汪 泪 眼 汪 汪 千 叮 咛 万 嘱 咐 光 明 磊 落 男　　儿
你 白 发 苍   苍 白 发 苍 苍 左 问 候 右 端 详 出 门 在　　　　外

6 6 1 5 6 3 | 2 — | 2 — ‖: 2 1 2 | 5 — | 1· 6 5 3 | ³2 — | 5 6 5 2 5 | 6 5 3 1 |

当 多 自 强　　　　　　回 故 乡 　看 亲 　娘　多 想 穿 您
有 多 少 惆 怅　　　　　回 故 乡 　看 亲 　娘　多 想 穿 您

6 2 2 2 1 6 | 5 — | 2 1 2 | 5 — | 1· 6 5 3 | 2 — | 5 6 5 2 5 | 6 5 3 1 | 5 6 6 2 1 |

缝 补 的 衣　裳　回 故 乡 　看 亲　娘　多 想 喝 您 端 来 的 热
缝 补 的 衣　裳　回 故 乡 　看 亲　娘　多 想 喝 您 端 来 的 热

6 — | 5 #4 5 6 1 | 6 1 6 5 5 2 | 2· 2 2 5 | 5 — | 5· 6 1 2 | 6 5 3 5 |

汤　多 想 陪 您 唠 唠 家 常 唠 唠 家　常　多 想 在 您 面　前
汤　多 想 陪 您 唠 唠 家 常 唠 唠 家　常　多 想 在 您 面　前

自由地

6 6 1 5 6 3 | 2 — | 2 — :‖ 1 1 6 3 1 | 2 — | 2 — | 2 — ‖
痛 哭 一　场　　　　D.S. 痛 哭 一　场
痛 哭 一　场　　　　　　痛 哭 一　场

回故乡看亲娘

徐怀亮 作词
赵海远 作曲

1=♭E 4/4

真挚 亲切地

3· 21 23 023 | 55 5 21 1 035 | 66 1 7656 |
那 一 年 我 远走他 乡 你 泪眼 汪 汪
那 一 天 我 回到家 乡 你 白发 苍 苍

6 66 5 32 2 — | 3 21 23 5· | 77 7656 — |
千 叮咛万 嘱 咐 光 明磊 落 一 身正 气
左 问候右 端 详 出 门在 外 有 多少委 屈

6 5 6 1 6 5 6 5 | 2 2 3 7 6 7 | 5 — — — |
男 儿 当 自 强 男 儿 当 自 强
有 多 少 惆 惶 有 多 少 惆 惶

3· 23 1 — | 2 567 6 — | 55 6· 1 6656 53 |
回 故 乡 看 亲 娘 穿起你 缝补过的衣裳
回 故 乡 看 亲 娘 穿起你 缝补过的衣裳

55 6· 1 6 5 6 53 | 0 535 6 3· 3 21 | 2 2 2 — |
端起你 端来的热 汤 听你讲左邻右舍的家常
端起你 端来的热 汤 听你讲左邻右舍的家常

7· 7 7 3 2 32 1 | 77 6565 3· | 0 55 6 1 33 21 |
多 想在你面 前 痛哭一 场 多想为你放声歌
多 想在你面 前 痛哭一 场 多想为你放声歌

1 — — — ‖: 0 55 6 1 3 3 | 3 — — 2 1 |
唱 D.C. 多 想为你放 声 歌
唱

1 — — — | 1 — — — ‖
唱

好一个大北疆

五千年的文明一脉流淌，
八百里河套是大国粮仓，
林海茫茫雄鹰在飞翔，
草原晨曲，钢花怒放，
三千孤儿传递爱的守望，
万马奔腾一往无前保卫边疆。
好一个大北疆，
中华儿女相守相望，
石榴花开，满天星光，
血脉交融凝聚起中国力量。

八千里雄关漫道写满沧桑，
黄河与长城蜿蜒雄壮，
戈壁大漠筑起绿色屏障，
驭风逐光，万千气象，
花开暖城一路向太阳，
沧海桑田聚焦世界的目光。
好一个大北疆，
中华儿女相守相望，
石榴花开，满天星光，
血脉交融凝聚起中国力量。

好一个大北疆

徐怀亮 作词
高鹏军 作曲

1=D 4/4

♩=70

3·3 2 3 1 5̣ 5̣ | 6 1 1 2 1 1 - | 3 5 5 5 1 6 5 6·6 | 5 3 3 2 1 2 - |
五千年的文明　一脉　流淌　八百里　河套是大国粮仓
八千里　1 2 6̣ 5̣　写满　沧桑　黄河　与长城　蜿蜒雄壮
　　　　雄关漫道

3·3 2 3 1 1 1 2 | 3 5 1 5 6 - | 5 6 5 3 2 5̣ 5̣ 2 1 | 1 - - 0 1 2 |
林海茫茫　啊雄鹰在飞翔　草原晨曲钢花怒　放　啊
戈壁大漠　筑起绿色屏障　驭风逐光万千气　象　啊

3 3 5 6 5·3 2 | 1 5̣ 5̣ 2 3 - | 3 5 5 1 6 5 6 5 3 | 2 2 2 2 - 6 |
三千孤儿　传递爱的守望　万马奔腾一往无前保卫　边
花开暖城　一路向太阳　沧海桑田聚焦世界的　目

5 - - 0 1 2 | 3 5 5 5 1 6 5 6 | 1 1 2 1 5 6 - | 1 6 6 1 5 6 5 3 |
疆　啊好一个　大北疆　好一个大北疆　中　华儿女
光

5 6 6 3 2 2 - | 3 3 2 3 1 - | 3 5 1 5 6 - | 5 6 5 3 2 1 6̣ |
相守相望　石榴花开　满天星光　血脉交融凝聚起

%
| 结束句
5 3 3 2 1 1 - | 5 6 5 3 2 1 2 | 5 5 5 - 6 2 | 1 - - - | 1 0 0 0 ‖
中国　力量　血脉交融凝聚起中国　力量

好一个大舞台

走进最美新时代,
意气风发多豪迈,
传承文化,阔步走来,
汗水铸就文旅品牌。
伊金霍洛文旅人,
大美绿城大舞台,
智慧创造无限精彩,
创意描绘美好未来。

迈进崭新新时代,
青春力量心潮澎湃,
振兴旅游,梦想同在,
奋斗展示文旅风采。
伊金霍洛文旅人,
大美绿城大舞台,
智慧创造无限精彩,
创意描绘美好未来。

好一个大舞台

徐怀亮 作词
周凯强 作曲

1=♭E 2/4

(乐谱略)

走进最美新时代　意气风发多豪迈
迈进崭新好时代　青春力量心潮澎湃

传承文化阔步走来　奋斗展示文旅风采
振兴旅游梦想同在

汗水铸就文旅品牌　伊金霍洛文旅人
天骄圣地大舞台　智慧创造无限精彩
创意描绘美好未来

汗水铸就文旅品牌

$\underline{6\ 6}\ \underline{\widehat{1\ \underline{2\ 3}}}\ |\ \dot{2}\ -\ |\ \underline{\dot{2}\cdot\ \underline{\widehat{\dot{3}\ 5}}\ \underline{6\ \dot{1}}}\ |\ 6\ -\ |\ \underline{\dot{2}\cdot\ \dot{1}}\ \dot{1}\ 6\ |\ \underline{6\ 2}\ \underline{\widehat{6\ \dot{1}}}\ 5\ |\ 3\cdot\ \underline{2\ 5}\ |\ 3\ -\ |$

伊金霍　洛文旅人　天骄圣地大舞　台

$\underline{3\cdot\ 5}\ \underline{\widehat{6\ \underline{6\ \dot{1}}}}\ |\ 6\ -\ |\ \underline{\dot{1}\cdot\ 6}\ \underline{\dot{1}\ \underline{\widehat{2\ 3}}}\ |\ \dot{2}\ -\ |\ \underline{\dot{3}\cdot\ 5}\ \underline{6\ \dot{3}}\ |\ \underline{\dot{2}\cdot\ \dot{1}}\ \underline{\widehat{\dot{2}\ \underline{\dot{3}\ \dot{1}}}}\ |\ 6\ -\ |\ 6\ -\ |$

智慧创　造　无限精　彩　创意描绘　美好未　来

$\dot{1}\cdot\ \underline{6}\ |\ \underline{2\ \dot{3}}\ |\ \dot{3}\ -\ |\ \dot{3}\ -\ |\ 6\ -\ |\ 6\ -\ |\ 6\ 0\ \|$

美好未　　　来

家住黄河畔

家住黄河畔,
美名天下传,
山水林田湖草沙,
绿色发展美如画。
荒山变青山,
矿区成景区,
天蓝水碧土也净,
欢歌笑语迎春风。
正气满乾坤,
汇聚精气神,
浪平一帆顺,
共筑百年梦,
诗和远方沐春风,
跃马扬鞭新征程。

家住黄河畔,
美名天下传,
鱼米瓜果螃蟹虾,
田园牧歌遍地花。

荒漠变绿洲，
高铁通四海，
绿水青山飞彩虹，
跃马扬鞭新征程。
正气满乾坤，
汇聚精气神，
浪平一帆顺，
共筑百年梦，
诗和远方沐春风，
跃马扬鞭新征程。

家住黄河畔

徐怀亮 作词
凉月 作曲

1=♯F 2/4

♩=62

3 3 6 | 2 3 6 | 3 2 5· 6 7 6 | 6 — |
1.家 住 在 黄 河 畔 美 名 天 下 传
2.家 住 在 黄 河 畔 美 名 天 下 传

6 2 7 6· 2 5 ♯4 | 3· 6 1 2 3 | 6· 6 6 1 2 3 5 | 5 3·· |
山 水 林 田 湖 草 沙 绿 色 发 展 美 如 画
鱼 米 瓜 果 螃 蟹 虾 田 园 牧 歌 遍 地 花

2· 3 6 3· 6 | 1 7 6 0 | 5· 3 5· 6 7 6 | ♯5· 6 3 0 |
荒 山 变 青 山 矿 区 成 景 区
荒 漠 变 绿 洲 高 铁 通 四 海

2 6· 2 5 4 3 | 6 ♯1 2 3 2 6 | 5· 5 5 3 5 6 7 6 | 6· 3 |
天 蓝 水 碧 土 也 净 欢 歌 笑 语 迎 春 风（哎
绿 水 青 山 飞 彩 虹 跃 马 扬 鞭 新 征 程（哎

6 — | 6 — | 2̇ 2̇ 5 7 6 | 2̇ 2̇ 5 7 6 |
嗨） 正 气 满 乾 坤 汇 聚 精 气 神
嗨）

2̇ 2̇ 5 7 6 | 2̇ 2̇ 5 ♯4 3 | 6· 6 6 1 3 2 | 5· 5 5 3 5 7 6 |
共 筑 百 年 梦 浪 平 一 帆 顺 诗 和 远 方 沐 春 风 跃 马 扬 鞭 新 征 程

0 3 2 3 5 | 7· 6 7 2̇ | 2̇ — | 0 5 3 5 6 |
诗 和 远 方 沐 春 风 跃 马 扬 鞭

7· 6 7 2̇ | 7· 2̇ 6· 6 | 6 — ‖ 0 5 3 5 6 |
新 征 程 D.C. 跃 马 扬 鞭

7· 6 7 2̇ | 2̇ — | 7· 2̇ 6· | 6 — | 6 X ‖
新 征 程 （嘿）

激情草原等你来

伊金霍洛有多美,
好天好地好风水,
纯粮美酒乌兰液,
天地精华香万里。
举起杯,歌声飞,
情深意长醉心底。
举起杯,歌声飞,
把共同的理想来描绘。

伊金霍洛欢迎你,
请你斟满酒一杯,
激情草原等你来,
天南地北好兄弟。
举起杯,歌声飞,
今生有缘来相聚。
举起杯,歌声飞,
把幸福和吉祥留在心里。

激情草原等你来

徐怀亮 作词
赵勇 作曲

| 0 6 3 5 | 2 3 0 6 0 1 | 5 6 1 5 1 5 | 0 3 1 3 3 | 6 0 0 | 0 0 0) ‖

2.
| 2 2 2 3 | 3 6 — | 6 — — | 3 3 1 2 | 2 — — | 5 6· 1 |
留　在　心　里　　　　　　　　举起　杯　歌声

| 6 — — | 3 — 5 | 6 — 6 1 | 1 2 5 | 3 — — | 3 3 1 2 |
飞　　　今　生　有　缘　来 相　聚　　　举起

| 2 — — | 6 1 5 6 5 | 3 — 3 | 5 5 5 5 6 | 2 2 2 3 | 3 6 — |
杯　歌　声　飞　把 幸福和吉祥　留　在 心　里

| 6 — 3 | 5 5 5 5 6 | 2 2 2 | 2 3 — | 3 — — | 3 — — |
把 幸福和吉祥　留　在　心

| 6 — — | 6 — — | 6 — — | 6 — — | 6 0 0 ‖
里

纪检监察人

在那茫茫的人海中，
有你平凡的背影，
在那万家灯火里，
有你疲惫的身影。
为了花好月圆，
为了清风拂面，
为了朗朗乾坤，
为了正义公平，
你骄傲我自豪，
我们是纪检监察人。
守规矩成方圆，
打铁自身硬，
正气抵万金，
我们是纪检监察人。

在那风霜雨雪中，
有你的斗智斗勇，
在那狂风暴雨里，
有你的智慧冷静。

为了江山人民,
为了海晏河清,
为了坚守初心,
为了牢记使命,
你执着我担当,
我们是纪检监察人。
守规矩成方圆
打铁自身硬,
正气抵万金,
我们是纪检监察人。

纪检监察人

徐怀亮 作词
张生 作曲

1=E 2/4

豪迈地 ♩=120

$\underline{6}$ $\underline{6}$ | 3 $\underline{3 \cdot 2}$ | 1 $\underline{5}$ | $\underline{6}$ — | $\underline{6 \cdot 2}$ $\underline{2 2}$ | 2 5 | 3 — | 3 — |

在那 茫茫的 人 海 中　　有你平 凡 的　身 影
何惧 阴霾 污 水 深　　有你 的 大智 大 勇

3 3 | 6 6 | 5 $\underline{5 \cdot 6}$ | 2 — | $\underline{2 2}$ $\underline{2 3}$ | 5 $\underline{1 2 1}$ | $\underline{6}$ — | $\underline{6}$ — |

在那 万家 灯 火 里　　有你疲 惫 的 笑　容
怕什 么 暗流 涌 动　　有你无 限 的 忠　诚

1 $\cdot$ 1 | 1 $\underline{6}$ $\underline{2 \cdot 3}$ | 2 — | $\underline{5 \cdot 5}$ | 5 2 | 3 3 | 3 — |

为 了 花好月 圆　为 了 风 清 气 正
为 了 江山人 民　为 了 海 晏 河 清

2 $\cdot$ 2 | 2 $\underline{1 2}$ | 3 — | 5 — | $\underline{5 \cdot 6}$ | 7 5 | 7 6 | 6 — |

为 了 朗朗 乾 坤　 为 了 正 义 公 平
为 了 坚守 初 心　 为 了 那 份 使 命

6 2 | $\dot{1}$ — | 5 $\underline{6 \cdot 7}$ | 6 — | $\underline{2 2}$ $\underline{2 1}$ | 5 $\underline{5 6}$ | 3 — | 3 — |

守 规矩 成 方 圆　一身正气抵 万　金
守 规矩 成 方 圆　一身正气抵 万　金

$\dot{1} \cdot$ $\dot{1}$ | $\dot{1}$ 6 | $\dot{1} \cdot$ $\dot{1}$ | $\dot{2}$ $\dot{1}$ — | 5 $\underline{5 6}$ | 7 5 | 5 $\underline{6 7}$ | 6 — ‖ D.C.

春风 化雨 润物 无 声　这就是 纪检 监 察 人
春风 化雨 润物 无 声　这就是 纪检 监 察 人

5 $\underline{5 6}$ | 7 5 | 5 $\underline{6 7}$ | 6 — | $\underline{5}$ $\underline{5 6}$ | 7 5 | 5 — | $\underline{6 7}$ |

这就是 纪检 监 察 人　 这 就是 纪检 监 察

6 — | 6 — | 6 — | 6 0 ‖

人

老邻居

红瓦房，三尺巷，
屋靠屋，墙挨墙，
锅碗瓢盆不分家，
一株桃花两院香。
你我是对门，
我是你隔壁，
你家有酒我家醉，
我家有难你家帮。
常想老邻居，
常忆三尺巷。
喊一声老邻居情意长，
看一眼三尺巷泪汪汪，
我的老邻居，
我的三尺巷。

红瓦房，三尺巷，
门对门，窗挨窗，
柴米油盐一个味，
一盏灯笼两家亮。

你我是对门,
我是你隔壁,
你家有酒我家醉,
我家有难你家帮。
常想老邻居,
常忆三尺巷。
喊一声老邻居情意长,
看一眼三尺巷泪汪汪,
我的老邻居,
我的三尺巷。

老邻居

1=♭E 3/4

徐怀亮 作词
周凯强 作曲

(3 2 3 2 3 5 | 3 - - | 2 1 2 1 2 3 | 6̣ - - | 1̣ 6̣ 1 2 3 5 | 6 - 5 | 3 - - | 6̣ 5̣ 6̣ 7̣ 1 2 |

‖: 3 6 5 | 6 - 3 | 1 6̣ 3 | 2 - - | 2 1 2 3 | 5 - 5 | 6̣ - - | 6̣ - - |

6̣ - - | 6̣ - -) | 2 3 1 | 2 - - | 2 3 1 | 6̣ - - | 2 - 1 | 2 - 3 |
红 瓦 房 三 尺 巷 屋 靠 屋
红 瓦 房 三 尺 巷 门 对 门

5 - 2 | 3 - - | 3 5 3 | 6 - 3 | 1 2 3 | 2 - - | 5̣ 5̣ 5̣ 6̣ | 2 3 1 |
墙 挨 墙 锅 碗 瓢 盆 不 分 家 一 株 桃 花 两 院
窗 挨 窗 柴 米 油 盐 一 个 味 一 盏 灯 笼 两 家

6̣ - - | 6̣ - - | 2 - 6̣ | 1 2 3 | 2 - - | 2 - - | 5 - 3 | 2 - 3 5 |
香   你 我 是 对 门   你 我 是 隔
亮   你 我 是 对 门   你 我 是 隔

3 - - | 3 - - | 3 5 3 | 6 - 3 | 1 2 3 | 2 - - | 5̣ 5̣ 5̣ 6̣ | 2 3 1 |
壁   一 家 有 酒 大 家 醉 一 家 有 难 大 家
壁   一 家 有 酒 大 家 醉 一 家 有 难 大 家

6̣ - - | 6̣ - - | 2 - 6̣ | 1 - 5 | 3 - - | 3 - - | 5 - 6 | 7 - 5 |
帮   常 想 老 邻 居   常 忆 三 尺
帮   常 想 老 邻 居   常 忆 三 尺

6 - - | 6 - - ‖: 6 - 6 | 3̇ - - | 2̇ - 3̇ | 6 - - | 2̇ - - | 5 - 3 |
巷   喊 一 声 老 邻 居 情 意
巷

6 - - | 6 - - | 6 - 6 | 2̇ - - | 1̇ - 2̇ | 6 - - | 1 - 6̣ | 5 - 5̣ 6̣ |
长   看 一 眼 三 尺 巷 泪 汪

$\underline{3--}|3--|2-3|5-\underline{5\ \dot{6}}|\underline{3--}|3--|5-6|\dot{2}-5|$

汪　　　　我　的　老　邻　居　　　　　我　的　三　尺

$\underline{6--}|6--\|:5-6|\dot{2}-5|\underline{6--}|6--|5-6|\dot{2}--|$

巷　　　　　　我　的　三　尺　巷　　　　　我　的　三

$\underline{\dot{2}--}|\dot{2}\ 0\ 0|5-3|\underline{6--}|\underline{6--}|\underline{6--}|\underline{6--}|6\ 0\ 0\|$

　　　　　尺　　巷

老邻居

徐怀亮 作词
姜育 作曲

1=E 2/4
亲切地 ♩=66

(6·5 6·1 | 6 1 6 5 3 | 3·5 3 5 | 6 - | 6·5 6·1 | 6 1 6 5 3 | 2·3 5 6 5 | 5 - |

3·5 3 5 | 6 6 0 | 5·1 6 5 | 3 - | 3·5 3 5 | 6 6 0 | 2·3 5 3 5 | 6 -)

6·3 6·6 | 2 3 2 1 6 | 1 2 1 6 1 2 3 5 | 3 - | 6·3 6·3 | 2 3 2 1 2 | 1 2 1 6 1 2
红瓦房呀三尺巷　屋靠屋　墙挨墙　　锅碗瓢盆不分家　一株桃花两院
红瓦房呀三尺巷　门对门　窗挨窗　　柴米油盐一个味　一盏灯笼两家

5 - | 6 3·6 5 3 0 | 1 1·5 2 3 3 | 6 3·3 6 1· | 1 3·5 6 6 0 | 6 3·3
香　你我是对门　你我是隔壁　一家有酒　大家 醉呀　一家有
亮　你我是对门　你我是隔壁　一家有酒　大家 醉呀　一家有

6 1· | 1 3·5 3 3 0 | 1 1·2 5 2 | 3 - | 2 3 5 2 3 | 6 - | 6·6 6·1 | 6 5 3
难　大家帮啊　常想老邻居　常忆三尺巷　　喊一声呀老邻居
难　大家帮啊　常想老邻居　常忆三尺巷

3·5 3 5 | 6 - | 6·6 6·1 | 6 5 3 | 2·3 6 5 | 5 - | 3·5 3 5 | 6 6 0 | 5·1 6 5
情意长　看一眼呀三尺巷　泪汪　汪　我的老邻居呀　我的三尺

3 - | 3·5 3 5 | 6 6 0 | 2 5 6 2 7 | 6 - ‖ 3·5 3 5 |
巷　　我的老邻居呀　我的三尺巷　　　　我的老邻
　　　　　　　　　　　　　　　D.C.

6 1 0 | 1 2 1· | 1 0 7 5 | 6 - | 6 - | 6 0) ‖
居呀　我的　三尺巷

老邻居

徐怀亮 作词
贺继成 作曲

1=F 2/4
优美 豪情地 ♩=65

‖: (5 6 | 2 - | 2 6 1 6 5 | 2 6 1 | 5 - | 5 - | 0 6 6 5 | 6 - | 5· 1 6 5 | 2 - |

0 2 5 2 1 | 6 5·6 | 1 - | 1 -) | 5 2 6 5 | 5 - | 1 5 5 3 | 2 - | 2 5 5 2 1 |
　　　　　　　　　　　　　　　　　红瓦 那个 房　三尺 那个 巷　屋靠 那个
　　　　　　　　　　　　　　　　　红瓦 那个 房　三尺 那个 巷　门对 那个

6·5 1 | 2 1 1 6 5 | 5 - | 1·2 6 5 | 2 5 2 | 4·3 2 6 | 5 2 5 | 0 2 5 2 1 |
屋　哟 墙挨 那个 墙　锅碗 瓢盆 不分家　一株 桃花 两院 香　一株 桃花
门　哟 窗挨 那个 窗　柴米 油盐 一个 味　一盏 灯笼 两家 亮　一盏 灯笼

6 5·6 | 1 - | 1 - ‖: 0 5 5 3 | 2 2 | 1 - | 1 1 6 5 | 4 4 3 | 2 1·6 | 5 - |
两院　香　　　　　　1.2.你我 是 对门　啊　　那个 我是 你 隔壁　哟
两家　亮

5 - | 0 5 5 3 | 5 2 | 1 - | 1 1 6 5 | 4 4 3 | 2 1 | 2 - | 2 - | 1 5 1 |
　　　你我 是 对门　啊　　那个 我是 你 隔壁 哟　　　　　　　你家

2 4 | 5· 1 6 5 | 6 - | 2· 2 2 5 | 6 1 6 2 | 5 - | 5 - :‖ 2· 2 2 5 |
有酒 我家 醉　我家 有难 你家　帮　　　　　　　　D.S.　我家 有难

6 1 6 2 | 5 - | 5 - | 2· 2 2 5 | 6 - | 2 - | 2 - | 5 - | 5 - | 5 - ‖
你家　帮　　　　我家 有难 你　家　帮

走向草原

走进你的辽阔，
没有寂寞，
流云朵朵，
翻动着爱河。
哪怕风刀霜剑，
不会失魂落魄。
走向草原，
心向远方，
走向草原，
追逐太阳，
走向草原，
一路奔放，
那里有母亲温暖的胸膛，
那里是爱火燃烧的地方。

走进你的宽广，
没有漂泊，
远方苍茫，
呼唤着渴望。

哪怕寒流滚滚，
永远朝气蓬勃。
走向草原，
心向远方，
走向草原，
追逐太阳，
走向草原，
一路奔放，
那里有母亲温暖的胸膛，
那里是爱火燃烧的地方。

走向草原

徐怀亮 作词
凉月 作曲

1=F 2/4

深情地 ♩=72

```
6 23 ³3·1 | 232· ²3 5̲6̲1 ¹6 - | 6 2 23 2·1̲6̲ | 2̲6̲ 5̲6̲5 3 - |
走进 你的辽阔    没有寂寞   流云朵朵    翻动着爱 河

3 6 6·3̲ 1̲6̲6· | 5 5̲6̲7·2 3̲5̲3̲3̲ | 0 2 2̲2̲3̲ ³5 1̲2̲1̲6̲ | 6 - 6 - |
哪怕风刀霜剑   不会失魂落魄    不会失 魂落   魄
```

‖:
```
6̲ 3̲ 3·6̲ | 2̲3̲2· | 3 5̲6̲1 6 - | 6 2 23 2·1̲6̲ | 2̲6̲ 5̲6̲5 3 - |
  走进你的宽广   没有漂 泊    远方苍茫    呼唤着渴 望

3 6 6·3̲ 6̲1̲6̲6 | 5 5̲6̲7·2 3̲5̲3̲3̲ | 0 2 2̲2̲3̲ ³5·3̲5̲6̲ | 6 - 6 - |
哪怕寒流滚 滚  永远朝气蓬 勃    永远朝气 蓬  勃

6 6̲3̲ | 5̲6̲1̲6̲ | 7 7̲5̲6̲ 6 - | ⁶1̲ 1̲6̲ 5̲6̲5̲3̲ | 2̲6̲ 5̲6̲5 3 - |
走 向 草 原 心 向远方   走 向 草 原 追逐太 阳

6 6̲3̲ | 5̲6̲1̲6̲ | 6̲3̲3̲ ³1̲2̲ 2̇ - | 5̲5̲3̲5̲6̲ 2̇2̲3̇ 2̇1̲6̲ | 6 - 6 - :‖
走 向 草 原 一路奔  放    那里是母亲温暖的胸 膛

6 6̲3̲ | 5̲6̲1̲6̲ | 7 7̲5̲6̲ 6 - | ⁶1̲ 1̲6̲ 5̲6̲5̲3̲ | 2̲6̲ 5̲6̲5 3 - |
走 向 草 原 心 向远方   走 向 草 原 追逐太 阳

6 6̲3̲ | 5̲6̲1̲6̲ | 6̲3̲3̲ ³1̲2̲ 2̇ - | 5̲5̲6̲5̲3̲ 2̇2̲3̇ 2̇1̲6̲ | 6 - 6 - |
走 向 草 原 一路奔  放    那里是爱火 燃烧的地 方

6 6̲3̲ | 5̲6̲1̲6̲ | 6̲3̲3̲ ³1̲2̲ 2̇ - | 5̲5̲6̲5̲3̲ 2̇2̲3̇ 2̇1̲6̲ | 6 - 6 - ‖
走 向 草 原 一路奔  放    那里是爱火 燃烧的地 方
```

老朋友

一声问候两杯热茶,
家事国事酸甜苦辣,
紧紧地握手,忘情地拥抱,
都是心中最美的表达。
不论孤旅天涯,
不论对饮灯下,
我们守望相助,
一生的朋友永远的牵挂。

一条短信一个电话,
大事小事寒暑冬夏,
衷心的祝福,诚挚的祈望,
都是来自肺腑的想法。
不论春风得意,
不论风吹雨打,
我们守望相助,
一生的朋友永远的牵挂。

老朋友

1=F 4/4

徐怀亮 作词
张生 作曲

$\dot{6}$ 1 2 3 5 3 2.3 | $\dot{6}$ - - - | $\dot{1}$ 6 6 5 6 5 2.5 | 3 - - - |
一 声 问 候 两 杯 热　　茶　　　　家 事 国 事 酸 甜 苦　　辣
一 条 短 信 一 个 电　　话　　　　大 事 小 事 寒 暑 冬　　夏

$\dot{6}$ 1 2 3. 2 - | 6 3 2 3. 1 - | $\dot{6}.$ 1 2 3 5 3 3 5. | 6 - - - |
紧 紧 地 握　手　　　忘 情 地 拥　抱　　都 是 心 中 最 美 的 表　达
衷 心 的 祝　福　　　诚 挚 的 祈　望　　都 是 来 自 肺 腑 的 想　法

3 5 6 $\dot{1}$ 7 $\widetilde{6\ 5}$ | 6 - - - | $\dot{1}$ 6 6 5 6 5 2 5 | 3 - - - |
不 论 孤 旅 天　　涯　　　　　不 论 对 饮 灯　　下
不 论 春 风 得　　意　　　　　不 论 风 吹 雨　　打

$\dot{6}.$ $\dot{6}$ 1 $\dot{6}$ 2.3 2 | 2.3 5 3 5.3 6 | 2 2 2 2 3 5.3 3 5. | 6 - - - :||
我 们 守 望 相　助　　我 们 守 望 相 助　　一 生 的 朋 友 永 远 的 牵　挂
我 们 守 望 相　助　　我 们 守 望 相 助　　一 生 的 朋 友 永 远 的 牵　挂
D.C.

2 2 2 2 3 5.3 3 5. | $\dot{6}$ - - - | 5. 3 3 5 | $\overset{\frown}{6}$ - - ||
一 生 的 朋 友 永 远 的 牵　挂　　　　　永 远 的 牵　挂

老朋友

徐怀亮 作词
余光明 作曲

1=A 2/4

深情思念地 ♩=64

(0 5̣ 6̣ 1 | 3· 5 2 | 1 —) | 3 5̣ | 6̣ 1· |
　　　　　　　　　　　　　　　　一　声　问　候
　　　　　　　　　　　　　　　　一　条　短　信

| 5 3 6· 5 | 3 — | 2· 3 5 | 3 2 3 1 | 6̣ 3 | 3 2 1 |
两 杯 热　茶　　家　事　国　事　酸 甜 苦
一 个 电　话　　大　事　小　事　寒 暑 冬

| 2 — | 3 2 3 5 6 | 3 2 1 6̣ 5̣ 6̣ | 0 6 6 5 3 | 2 3 5 2 3 1 |
辣　　紧 紧 地 握 手　忘 情 地 拥 抱　都 是 心 中　最 美 的 表 达
夏　　衷 心 的 祝 福　诚 挚 的 祈 望　都 是 来 自　肺 腑 的 想 法

| 1 — | 3 5 6 | 6 6 5 6 | 6 0 | 1 6̣ 3 | 3 5 1 2 |
不 论 孤　旅 天 涯　　不 论 对　饮 灯 下
不 论 春　风 得 意　　不 论 风　吹 雨 打

| 2 0 | 3 5 2 | 2 1 6̣ 5̣ 6̣ | 6̣ 0 | 0 6 5· 6 | 5 3· |
我 们 守　望 相 助　　　一 生 的 朋 友
我 们 守　望 相 助　　　一 生 的 朋 友

rit.

| 5 3 5 | 6 6· ‖ 0 5̣ 6̣ 1 | 6 5 3 | 2· 3 2 3 | 1 — | 1 — ‖
永 远 的 牵 挂　　永 远 的 永 远 的 牵　　挂
永 远 的 牵 挂

老朋友

徐怀亮 作词
李瑞 作曲

1=F 4/4
♩=105

| 5· 6 1· 6 | 3 - - - | 2· 1 6 2 | 5 - - - |

一　　声　问　候　　　　　两　杯　热　　茶
一　条　短　信　　　　　一　个　电　　话

| 5· 6 1· 6 | 3 1 2 - | 2· 1 6 3 | 2 - - - |

国　　事　家　事　酸　甜　苦　辣
大　事　小　事　寒　暑　冬　夏

| 3 5 5 6 5 3 | 5 - - 3 2 | 1 6 1 3 5 3 | 2 - - - |

紧　紧　地　握　手　　　忘　情　地　拥　抱
衷　心　的　祝　福　　　诚　挚　的　祈　望

| 6· 5 6 6 | 5· 3 3 3 3 2 3 | 5 - - 5 5 6 | 1· 5 6 1 6 |

都　是　心　中　最　美　的　表　达　　不　论　孤　旅　天
都　是　来　自　肺　腑　的　想　法　　不　论　春　风　得

| 6 - - 6 6 1 | 1· 6 5 2 | 3 - - - | 6· 1 2 6 |

涯　　　不　论　对　饮　灯　下　　　　我　　们
意　　　不　论　风　吹　雨　打　　　　我　　们

| 5 3 2 3 - | 2 2 1 2· 3 | 5 - - - | 5 6 1 2 6 |

守　　望　守　望　相　助　　一　生　的　朋　友
守　　望　守　望　相　助　　一　生　的　朋　友

| 5 3 2 3 - | 2 3 3 3 6· | 1 - - - | 5 5 6 5 3 |

永　　远　永　远　的　牵　挂　　一　生　的　朋　友
永　　远　永　远　的　牵　挂　　一　生　的　朋　友

| 2 5 6 1 - | 2 2 2 2 - | 5 - - - :‖ 6 5 6 1 6 | 5 - - - ‖

永　　远　永　远　的　牵　挂　　　　永　远　的　牵　挂
永　　远　永　远　的　牵　挂　　　　永　远　的　牵　挂

老朋友

徐怀亮 作词
屈勇 作曲

1=D 2/4

深情 难忘地 ♩=77

$\parallel$: (1· 2 3 7 6 | 5 5· | 1· 2 3 7 6 | 2 — | 5· 3 5 6 |

7 2 6 0 | 5 3 5 | 1 —) | 1 3 6 3 | 5 0 0 |
　　　　　　　　　　　　　　　一 声 问 候

5 1 2 5 | 3 0 0 | 1 1 1 2 | 3 5 3 0 | 2 2 2 1 2 3 |
两 杯 清 茶　　　　　 山 南 海 北 天 下 事　酸 甜 苦 辣 开 心

5 0 0 | 3 5 6 1 | 6 0 0 | 3 5 6 1 | 5 0 0 |
话　　　 一 次 握 手　　　 一 生 朋 友

1 1 6 5 | 7· 7 6 5 | 6 6 6 3 | 2· 3 | 5 2 1 |
经 过 寒 暑　守 望 相 助　经 过 风 雨　彼　此 牵

1 — | 1 — | 1· 2 | 7 6 5 3 | 1 2 7 5 |
挂　　　　　　 一 声 问 候　两 杯 小

6 — | 5 3 6 1 | 6 5 5 3 | 2 2 2 1 6 3 | 5 — |
酒　　柴 米 油 盐　家 务 事　春 夏 秋 冬 烦 恼 话

1· 2 | 3 7 6 5 | 1 2 3 7 | 6 — | 7 7 6 5 |
一 次 握 手　 一 生 朋 友　　　　经 过 寒 暑

3· 5 6 6 | 7 7 6 5 | 2· 5 | 6 3 6 | 1 — | 1 0 :$\parallel$
守 望 相 助　经 过 风 雨　彼 此 牵　 挂

老月亮

一枚老月亮,
静静挂天上,
举目眺望,
思绪茫茫。
照过曲水流觞,
照过骊歌断肠,
繁华锦绣,在水一方,
几多欢乐几多忧伤。
老月亮,老月亮,
喜泪两行诗千行,
谁与天地共久长?
但愿岁月安好人间无恙!

一枚老月亮,
高高挂天上,
举头遥望,
天地苍茫。
照过汉家陵阙,
照过独钓寒江,

琵琶呜咽，难诉衷肠，
几多欢笑几多凄凉。
老月亮，老月亮，
喜泪两行诗千行，
谁与天地共久长？
但愿岁月安好人间无恙！

老月亮

徐怀亮 作词
高鹏军 作曲

亮丽风景线

让我策马大草原，
遥望雄鹰展翅盘旋，
看不够的天蓝云淡，
看不够的芳草连天。
青青牧场牛羊撒欢，
弯弯碧水流向天边。
美丽的敖包俯瞰千年，
沧海桑田换了人间。
天地人和心手相牵，
你是北疆亮丽风景线。

让我放歌大草原，
倾诉心中无尽爱恋，
唱不够的林海绵延，
唱不够的河套沃野。
城乡牧村星光灿烂，
绒花绽放温暖世界。
古老的牧歌谱写新篇，
草原丝路春光无限。
守望相助血脉相连，
你是北疆亮丽风景线。

亮丽风景线

1=G 2/4

徐怀亮 作词
周凯强 作曲

(6 3 | 3· 21 | 23 13 | 6 — | 6 63 | 3· 21 | 2 15 | 3 —

3 35 | 6· 5 | 66 16 | 2 — | 2 23 | 5· 3 | 56 231 | 6 —

6) 6 13 | 2· 1 | 35 3 | 6 — | 6 6 13 | 2· 1 | 26 556 | 3 —
　　让我 策马 大草　原　　遥望 雄鹰 展翅盘　旋
　　让我 放歌 大草　原　　倾诉 心中 无尽爱　恋

3 35 | 6· 5 | 66 16 | 2 — | 2 23 | 5· 3 | 56 231 | 6 —
看不 够的 天蓝云　淡　　看不 够的 芳草连　天
唱不 够的 林海绵　延　　唱不 够的 河套沃　野

6 — | 6· 2 | 26 1 | 2· 3 | 5· 3 | 6 15 | 3 — | 36 1 | 6 56 2 | 23 3
　　青青 牧　场　牛羊 撒欢　弯弯 碧水　流　向
　　城乡 牧　村　星光 灿烂　绒花 绽放　温　暖

5 21 | 6 — | 6 3 55 | 6· 3 | 23 51 | 6 — | 6 1 | 2· 1
天　　边　　美丽的 敖　包　俯瞰千　年　　沧海 桑　田
世　　界　　古老的 牧　歌　谱写新　篇　　草原 丝　路

6 2 5 56 | 3 — | 3 — | 5· 3 35 | 6 — | 66 123 | 2 — | 3· 5 61
换了 人　间　　　　　天地 人和　心手 相牵　你是 北疆
春光 无　限　　　　　守望 相助　血脉 相连　你是 北疆

1.　　　　　2.　　　　　3.
2 23 13 | 6 — | 6 — ‖ 6 — | 6 3 55 ‖ 6 — | 6 — | 3· 5 61
亮丽的 风景 线　　　　　线　　古老的 线　　　你是 北疆
亮丽的 风景 线

2 2 1 | 3 — | 3 53 | 6 — | 6 — | 6 0 ‖
亮丽 的 风　　景　　线

亮丽风景线

亮丽风景线

1=♭B或C $\frac{2}{4}$

徐怀亮 作词
王美琴 作曲

中速 赞美地

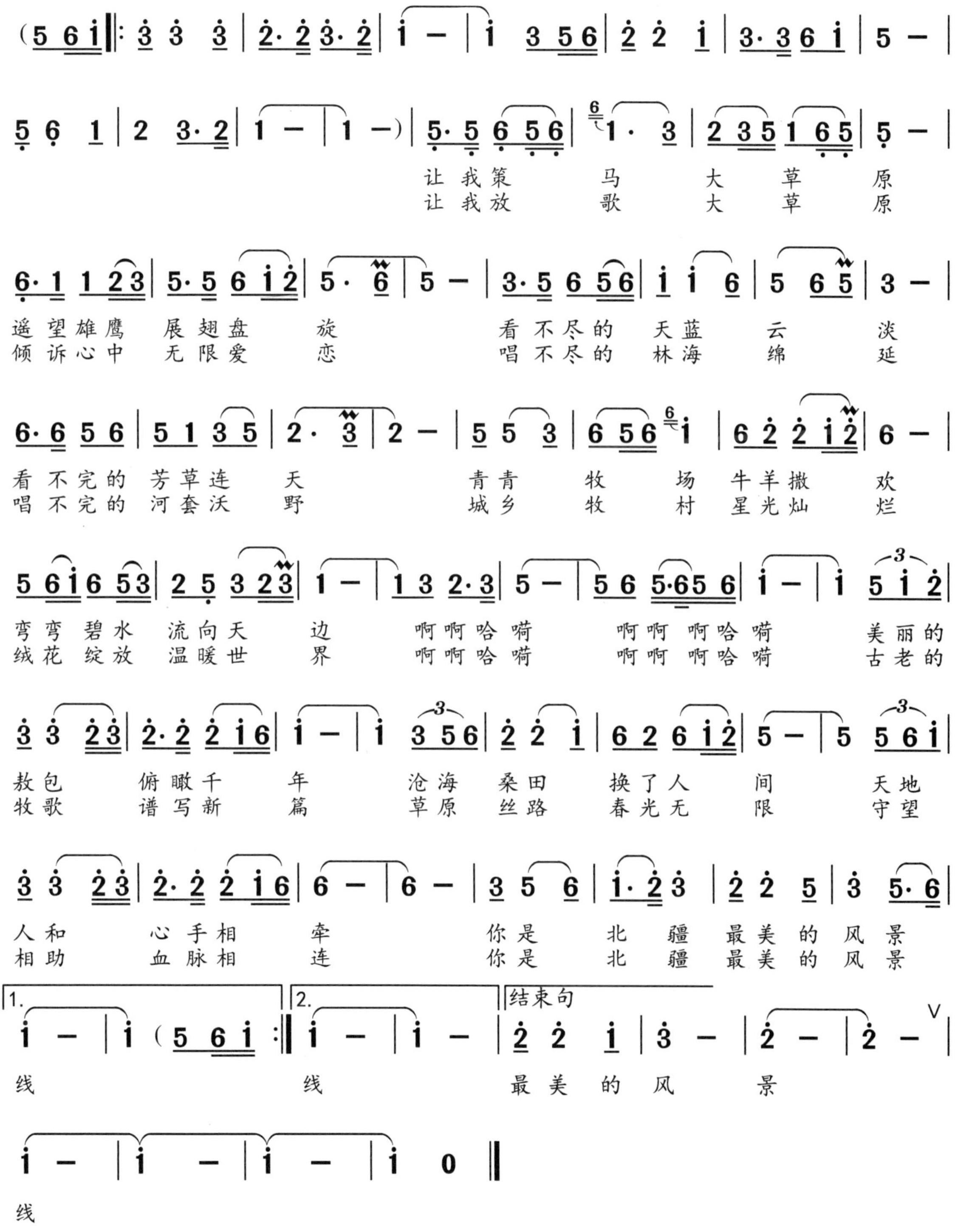
让我策马大草原
让我放歌大草原
遥望雄鹰展翅盘旋 看不尽的天蓝云淡
倾诉心中无限爱恋 唱不尽的林海绵延
看不完的芳草连天 青青牧场牛羊撒欢
唱不完的河套沃野 城乡牧村星光灿烂
弯弯碧水流向天边 啊啊哈嗬 啊啊啊哈嗬 美丽的
绒花绽放温暖世界 啊啊哈嗬 啊啊啊哈嗬 古老的
敖包 俯瞰千年 沧海桑田 换了人间 天地
牧歌 谱写新篇 草原丝路 春光无限 守望
人和 心手相牵 你是北疆最美的风景
相助 血脉相连 你是北疆最美的风景
1.
2.
结束句
线 线 最美的风景
线

妈妈的目光

我们是冬天的阳光，
融化寒冷的风霜，
我们是潺潺的小河，
把人间真情歌唱。
我们牵手，
凝成爱的力量，
我们拥抱，
用温暖把生命点亮，
我们仰望，
同心筑就中国梦想。

我们是五月的小雨，
洒向久旱的土壤。
我们是妈妈的目光，
无私奉献走向远方。
我们牵手，
凝成爱的力量，
我们拥抱，
用温暖把生命点亮，
我们仰望，
同心筑就中国梦想。

妈妈的目光

徐怀亮 作词
贺继成 作曲

1=♭E 3/8
温馨地 ♩=80

我们是冬天的阳光哟
我们是五月的小雨哟
融化寒冷的风霜哟 我们是潺潺的小河 把人间真情
洒向久旱的土壤哟 我们是妈妈的目光 无私奉献
歌唱哟 我们牵手 凝成爱的力量 我们
走向远方 我们牵手 凝成爱的力量 我们
拥抱我们拥抱 用温暖把生命点亮 我们仰望我们仰望
拥抱我们拥抱 用温暖把生命点亮 我们仰望我们仰望
同心筑就中国梦想 D.S. 我们仰望我们仰望
同心筑就中国梦想 我们仰望我们仰望

自由地 mp
同心筑就中国梦想 中国梦想
同心筑就中国梦想

民族团结地久天长

你来自辽阔的北方,
我来自多情的江南,
你披着东海的霞光,
他带着天山的风霜。
来吧,来吧,来吧,
歌起来,舞起来,
这里是欢乐的海洋。
我们共筑中国梦,
我们同唱同心曲,
民族团结地久天长。
祝福祖国繁荣富强!

你来自美丽的壮乡,
我来自激情的苗寨,
你捧着洁白的哈达,
他拥着宝岛的浪花。
来吧,来吧,来吧,
举起杯,酒飘香,
各族儿女欢聚一堂。

我们共筑中国梦，
我们同唱同心曲，
民族团结地久天长。
祝福祖国繁荣富强！

民族团结地久天长

徐怀亮 作词
高鹰 作曲

1=F 2/4

(3· 6̣ | 3· 6̣ | 3 6 3 2 | 2 - | 6̣ 1 6̣ | 1·2 3 | 5 3 5 | 6̣ -)

6̣ 1 6̣ | 2·3 1 6̣ | 5 6 2 3 1 | 6̣ - | 6̣ 2 3 | 6̣·1 5 3 | 2 3 6̣ 1 5̣ | 3 - | 6̣ 1
你来自辽阔的北　方　我来自多情的江　　南　你
你来自美丽的壮　乡　我来自激情的苗　　寨　你

2 3 2· | 6̣·1 5 3 | 2 3 2 | 6̣ 1 6̣ | 1·2 3 | 5 3 5 | 6̣ - | 1·6̣ 1·6̣
披着东海的霞光　他带着天山的风　霜　来吧来吧
捧着洁白的哈达　他拥着宝岛的浪　花　来吧来吧

1 5 6 6 - | 1·6̣ 1·6̣ | 1 5 3 | 3 - | 3· 6̣ | 3· 6̣ | 3 6 3 2 | 2 -|
歌起来　来吧来吧舞起来　来吧来吧来吧来吧
举起杯　来吧来吧酒飘香　来吧来吧来吧来吧

6̣ 1 6̣ | 1·2 3 | 5 3 5 | 6̣ - ‖ 6̣ - | 3 5 3 6 | 6̣ - | 6̣ 1 5 6 | 6̣ -|
这里是欢乐的海　洋　　堂 我们共筑　中国梦
各族　儿女欢聚一

3 5 3 1 | 1 - | 6̣ 1 5 3 | 3 - | 6̣ 1 6̣ 2 | 2 - | 3 6 3 2 | 2 -|
我们共唱　和谐曲　　民族团结　地久天长

6̣ 1 6̣ 2 | 2 - | 3 5 5 6 | 6̣ - | 6̣ 1 6̣ 2 | 2 - | 5 5 | 3 - | 6̣ - | 6̣ - ‖
祝福祖国　繁荣富强　祝福祖国　繁荣富　强

没有遗憾

钱还要赚，活儿还要干，
奋斗过的青春没有遗憾。
日出日落又一天，
花开花谢又一年。
岁月匆匆不知不觉，
青春好像从没走远。
为国为家忠心赤胆，
该流汗时流过汗。
苦过累过回头看看，
得失成败没有遗憾。
钱还要赚，活儿还要干，
奋斗过的青春没有遗憾。
得失看淡心要宽，
自己不把自己为难。
烦恼快乐都是一天，
顺其自然没有遗憾。

钱还要赚，活儿还要干，
奋斗过的青春没有遗憾。

云卷云舒又一天，
潮起潮落又一年。
悠悠我心高楼月，
人生百年一瞬间。
虽说自古忠孝难两全，
尽心尽力无悔无怨。
爱过恨过回头看看，
苦辣酸甜没有遗憾。
钱还要赚，活儿还要干，
奋斗过的青春没有遗憾。
得失看淡心要宽，
自己不把自己为难。
烦恼快乐都是一天，
顺其自然没有遗憾。

没有遗憾

徐怀亮 作词
巴丁求扎 作曲

1=♭B 4/4
♩=71

3 7 6 6· | 5 6 6̂ 6 - | 3 7 6 7· | 5 3 3̂ 3 - |
日 出 日 落 又 一 天　　 花 开 花 谢 又 一 年
云 卷 云 舒 又 一 天　　 潮 起 潮 落 又 一 年

3̇ 2̇ 2̇ 1̇ 2̇ 1̇ 6 | 7 - - - | 6 6 6 1̇ 7 5 5 | 6 - - - |
岁 月 匆 匆 不 知 不 觉　　 青 春 好 像 从 没 走 远
悠 悠 我 心 高 楼 月 人　　 生 百 年 一 瞬 间 虽 说

6 6· 7̇ 6· | 7 5 3 6· | 2̇ 2̇ 2̇ 1̇ 2̇· 5 | 5 3 3 - - |
为 国 为 家 忠 心 赤 胆 该 流 汗 时 流 过 汗
自 古 忠 孝 难 两 全 尽 心 尽 力 无 悔 无 怨

3̇ 2̇ 2̇ 1̇ 2̇ 1̇ 6 | 7 - - - | 6 6 6 1̇ 7 5 5 | 6 - - 0 6 |
苦 过 累 过 回 头 看 看　　 得 失 成 败 没 有 遗 憾　　 钱
爱 过 恨 过 回 头 看 看　　 苦 辣 酸 甜 没 有 遗 憾　　 钱

6̇· 7̇ 6̇ 0 3̇ | 7· 5 6 5 3· | 2̇ 2̇ 2̇ 1̇ 2̇ 2 | 2· 2̇ 2 4 3 - |
还 要 赚 活 还 要 干 奋 斗 过 的 青 春 没 有 遗 憾
还 要 赚 活 还 要 干 奋 斗 过 的 青 春 没 有 遗 憾

2̇ 2̇ 2̇ 1̇ 2̇· 6 | 7 - - - | 2̇ 2̇ 2̇ 3̇ 5̇· 3̇ 3̇ 6̇ | 7̇ - - - |
得 失 看 淡 心 要 宽　　 自 己 不 把 自 己 为 难
得 失 看 淡 心 要 宽　　 自 己 不 把 自 己 为 难

6̇ 6̇ 6̇ 5̇ 3̇ 2̇ 2̇ | 2̇ - - - | 7 7 7 7 3̇ 2̇ 1̇ | 6̇ - - - ‖
烦 恼 快 乐 都 是 一 天　　 顺 其 自 然 没 有 遗 憾
烦 恼 快 乐 都 是 一 天　　 顺 其 自 然 没 有 遗 憾

6̇ 6̇ 6̇ 5̇ 3̇ 2̇ 2̇ | 2̇ - - - | 7 7 7 7 3̇ 2̇ 1̇ | 6̇ - - - ‖
烦 恼 快 乐 都 是 一 天　　 顺 其 自 然 没 有 遗 憾

没有遗憾

徐怀亮 作词
周善儒 作曲

1=D 2/4

1 5 3 5 | 1 2 3 2 1 | 1 5 3 5 | 1 2 3 2 1 | 0 3 5 6 | i 3 5 2 | i 0 |

‖: 3 2 i | i. 3 | 5 3 5 6 | i 0 | i i i 2 | 3 2 |
钱 还要 赚　　活儿 还要 干　　奋斗 过的 青 春
钱 还要 赚　　活儿 还要 干　　奋斗 过的 青 春

i 5 6 5 | 5 - | 3 3 3 32 | 1 1 1 | 5 5 5 56 | 1 2 1 |
没有 遗 憾　　日出 日落 又一天　花开 花落 又一年
没有 遗 憾　　云舒 云卷 又一天　潮起 潮落 又一年

2 2 2 3 | 2 - | 5 5 6 5 - | 6 6 6 i | 2 2 i |
岁月 匆 匆　　不知 不 觉　　青春 好像 没有 走
悠悠 我 心　　高楼 月　　　人生 百年 一 瞬

5 - ‖ 3 3. 2 i i 6 | 5 3 5 6 | i 0 | 2 2 |
远　　　为国 为家　忠心 赤 胆　　该 流
间　　　虽说 自古　忠孝 难 全　　尽 心

2. 6 | 3 2 i | 2 - | 3. 5 | 3 2 |
汗　　时就 流 汗　　苦　　过累 过
尽　　力无 悔无 憾　　爱　　过恨 过

1 2 3 | 2 - | 5 5 6 i | 3 2 i | i - | i - :‖
回头 看 看　　得失 成败 没有 遗憾
回头 看 看　　酸甜 苦辣 没有 遗憾

1 5 3 5 | 1 5 3 5 | 1 5 3 5 | 3 23 1 | 1 5 3 5 | 1 5 3 5 |
rap 钱要赚活儿要干奋斗的青春没有遗憾得失看淡心要宽

1 5 3 5 | 3 23 1 | 5 5 6 i | i - | 2 3 i 6 | 5 - |
　　自己不把自己为难烦恼快乐都是一天顺其自然没有遗憾

3 1 2 5 | 3 2 1 2 | 1 - | 1 - :‖
　　　　　　　　　　　　　　　D.S.

每逢佳节倍思亲

圆圆的月亮可是你的笑容?
多少次翻动心中的宁静,
无数难眠之夜总在寻找,
长长的泪痕如海的情。

黎明的星辰可是你的眼睛?
无边的思念点亮心灯,
谁能这样把我牵挂,
谁能这样把我心疼。

是你给我美好的生命,
为我打开幸福之门,
世界好大岁月好长,
让我怎么表达养育之恩。

慈母泪,儿心碎,
多少往事成追忆,
每逢佳节倍思亲,
让我懂得如何感恩!

每逢佳节倍思亲

徐怀亮 作词
周凯强 作曲

1=C 4/4 2/4
♩=52

‖: 5 5 5 5̂6̂5 3· 2̂3̂ | 2 1 6̣ 1 - | 6̣ 1 1 1 6̣ 6̣ 5 5̣ 5̣ 3 | 2 - - - |
圆圆的月　亮　可是你的笑容　多少次翻动心中的　宁　静
黎明的星　辰　可是你的眼睛　无边的思念点亮　心　灯

3 5 5 5̂6̂5 3· | 3̂2̂ 2 3 6̣ - | 1. 5̣ 5̣ 6̣ 5 3 2̂3̂ 2 1 | 2 - - - :‖ 2. 5̣ 6̣ 5 3 2̂3̂ 6̣ 2 |
无数难眠之夜　总在寻　找　长长的泪痕如海的情　谁能这样把我心

1 - - - | 5̣ 1 1 3 6̣ 5̂6̂5· 3 | 5 - - - | 6̣ 1̂ 2̂ 1̂ 6 5 3 | 2 - - - |
疼　　　是你给我美好的生　命　　　为我打开幸福之　门

3 5 3 6 - | 5 3 2̂3̂ 6̣ - | 5̣ 6̣ 1 3 2̂1̂6̣ 6̣ | 2 2̂3̂ 1 5 - | 2/4 5 - |
世界好大　岁月好长　让我怎么表达　养育之恩

4/4 3· 1̂ 5 - | 1̂· 6̂5 - | 6̂1̂ 6̂2̂ 1̂ 6 | 5·6̂5 3 2 - | 3 5 5 6̂ 1̂· 2̂ |
慈母泪　儿心碎　多少往事成追忆　每逢佳节

3̂ 2̂ 1̂ 6 - | 2/4 6 - | 4/4 5̣ 6̣ 5 3 2̂3̂ 2 5̂6̂ | 1 - - - :‖ 3. 5̣ 6̣ 5 3 2̂3̂ 6̣ 2 |
倍　思亲　　让我懂得如何感恩　谁能这样把我心
D.S.

1 - - - ‖: 3· 1̂ 5 - | 1̂· 6̂5 - | 6̂1̂ 6̂2̂ 1̂ 6 | 5·6̂5 3 2 - |
疼　　　慈母泪　儿心碎　多少往事成追忆

3 5 5 6̂ 1̂· 2̂ | 3̂ 2̂ 1̂ 6 - | 2/4 6 - | 4/4 5̣ 6̣ 5 3 2̂3̂ 2 5̂6̂ | 1 - - - :‖
每逢佳节　倍　思亲　　让我懂得如何感恩

5̣ 6̣ 5 3 2̂3̂ 2· | 2 - 6̣ | 1 - - - | 1 0 0 0 ‖
让我懂得如何　感　恩

美丽的红庆河

古城把那千年守望,
小河把那希望流淌。
天清气朗风也甜,
绿水青山瓜果香,
一方热土聚宝藏,
好儿好女奔小康。
天地人和新时代,
幸福路上向前方,
红庆河,创业的天堂,
红庆河,我心中最美的地方。

湖水把那祥和荡漾,
农家小院洒满阳光。
乡里乡亲一家人,
田园牧歌好风光,
一方热土聚宝藏,
好儿好女奔小康。
天地人和新时代,
幸福路上向前方,
红庆河,创业的天堂,
红庆河,我心中最美的地方。

美丽的红庆河

徐怀亮 作词
贺继成 作曲

1=C 2/4

叙事 激情地

梦回石拉召

秦皇汉武的长风,
把沧桑岁月吹过。
朔方古城的灯火,
仿佛还在等待你我。
梦里一碗陈年老酒,
点燃了石拉召的篝火。
昨夜你为谁而醉,
昨夜你为谁失落?
问什么成败得失,
说什么去留无意,
看门前花开花落,
留下的只是无量功德。

古如歌里的往事,
流淌在记忆的长河。
将军帐下的烽火美人,
红衣白裙不再婀娜。
缘聚缘散悲欢离合,
宛如白云悠悠飘过。

只有那无量功德,
走进了石拉召的传说。
问什么成败得失,
说什么去留无意,
看门前花开花落,
留下的只是无量功德。

梦回石拉召

徐怀亮 作词
周凯强 作曲

1=♭E 4/4

$\dot{1}---|\dot{2}\ \dot{3}\ \dot{2}\ \dot{5}\ \dot{1}|\dot{3}\cdot\dot{5}\ 6\ \dot{1}\ 5-|$
德

$\dot{1}\cdot\dot{3}\ \dot{2}\ \dot{5}\ \dot{1}\ \dot{1}\ 6\ 5|5\ 3\ 5\ 2\ 3\ 5-|\dot{2}\ \dot{3}\ \dot{2}\ \dot{5}\ \dot{1}|$

$\dot{3}\cdot\dot{5}\ 6\ \dot{1}\ 5-|\dot{1}\cdot\dot{3}\ \dot{2}\ 5\ \dot{1}\ \dot{1}\ 6\ 5|5\ 3\ 5\ 2\ 3\ 1-|$

$1={}^{\flat}E$

$6---\|\dot{1}\cdot\ \dot{2}\ \dot{3}\ 5-|\dot{3}\ 5\ \dot{1}\ \dot{2}\ 6\ 5-|$
　　　　问 什　么　　成 败 得 失

$\dot{1}\ \dot{1}\ 6\ 4\ \dot{3}\ \dot{4}\ 5|\dot{2}---|\dot{1}\cdot\ \dot{2}\ \dot{3}\ 5-|$
说 什 么 去 留 无　意　　　看 门　前

$\dot{3}\ \dot{2}\ \dot{2}\ \dot{2}\ \dot{3}\ 6-|5\ 5\ 5\ 6\ \dot{1}\ \dot{3}\ \dot{2}\ 5\ 6|\dot{1}---|$
花 开 花 落　　留 下 的 还 是 无 量 功 德

$\dot{3}\ \dot{2}\ \dot{1}\ \dot{2}\ \dot{5}|5---|\dot{1}---|$
无 量 功　　　　　　　　　德

$\dot{1}---|\dot{1}\ 0\ 0\ 0\ \|$

梦里故乡

那一张发黄的照片,
留着我深深的记忆,
那里有草原的辽阔壮美,
那里有祖先的英雄传奇。
啊,故乡,梦里故乡,
你有看不完的美景,
你有听不够的旋律,
你在绿水青山白云里。
梦里故乡,你在绿水青山白云里,
梦里故乡,你在甜美悠扬的牧歌里。

那是一本泛黄的日记,
写满我长长的回忆,
那里有多少美好的时光,
那里有往日的欢乐悲伤。
啊,故乡,梦里故乡,
你有讲不完的故事,
你有道不尽的温馨,
你在甜美悠扬的牧歌里。
梦里故乡,你在绿水青山白云里,
梦里故乡,你在甜美悠扬的牧歌里。

梦里故乡

1=G $\frac{2}{4}$

徐怀亮 作词
桑洁 塔拉 作曲

深情地 ♩= 60

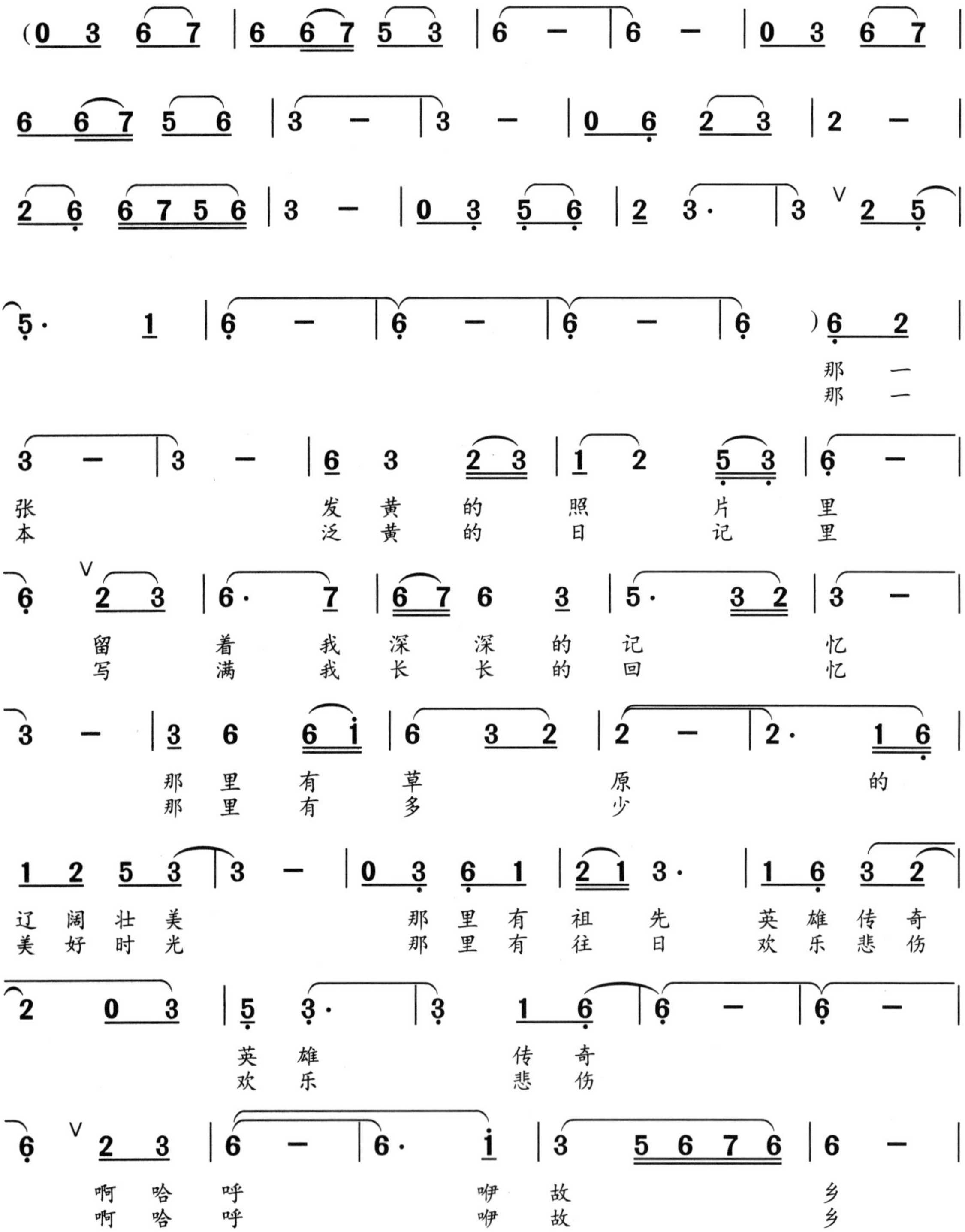
那 一
那 一
张 发 黄 的 照 片 里
本 泛 黄 的 日 记 里
留 着 我 深 深 的 记 忆
写 满 我 长 长 的 回 忆
那 里 有 草 原 的
那 里 有 多 少
辽 阔 壮 美 那 里 有 祖 先 英 雄 传 奇
美 好 时 光 那 里 有 往 日 欢 乐 悲 伤
英 雄 传 奇
欢 乐 悲 伤
啊 哈 呼 咿 故 乡
啊 哈 呼 咿 故 乡

| 7 6 7 2 5 | 3 - | 3· 6 2 2 3 | 6 7 5 | 3 - |
梦里故乡 魂牵梦绕的地 方
梦里故乡 日思夜想的地 方

| 3 - | 3 5 6 7 | 6· 3 | 2 6 1 2 3 2 | 2 - |
故 乡 啊 梦里故 乡
故 乡 啊 梦里故 乡

| 1· 2 3 2 3 | 7 3 3 5 2 | 6 - | 6 - | 3· 2 3 |
你在青山 绿水白云 里 故
你在甜美 悠长的牧歌 里 故

| 6· 5 6 | 7 6 7 3 6 | 2· 1 2 | 3· 5 6 6 7 | 6 3 2 |
乡啊 梦里故 乡 你有 看不尽的 美
乡啊 梦里故 乡 你有 看不尽的 美

| 3 - | 3 - | 6 1 2 #4 | 3 - | 2 6 6 5 |
景 啊 梦里故
景 啊 梦里故

| 3· 2 3 | 1· 2 3 2 3 | 7 5 3 | 6 - | 6 - ‖ D.C.
乡 你有听不够的 旋 律
乡 你有听不够的 旋 律

| 3 5 6 7 | 6 - | 7 6 7 2 5 | 3· 1 2 | 3· 5 6 6 7 |
故 乡 梦里故乡 你有 看不尽的

| 6 3 2 | 3 - | 3 - | 6 1 2 3 | 2 - |
美 景 啊

| 2 6 6 5 | 3· 2 3 | 1· 2 3 2 3 | 7 5 3 | 6 - |
梦里故乡 你有听不够的 旋 律

| 6 - | 1 2 3 5 | 7 5· 5 | 5 - | 6 - |
听不够的旋 律

| 6 - | 6 - | 6 - | 6 0 ‖

漫瀚小镇

草原风,黄河浪,
九十九道弯里是故乡。
四合院的慢时光,
蒙古包里酒飘香。
送亲歌,双山梁,
漫瀚调里诉衷肠。
白云游子情,
桃李醉春风,
听不完漫瀚小镇老故事,
看不够九城宫的好风光。

草原绿,黄土黄,
凉格莹莹窑洞里拉家常。
昭君湖畔谈古今,
大戏台前唱忠良。
英雄泪,儿女情,
伊克汗宫岁月长。
白云游子情,
桃李醉春风,
听不完漫瀚小镇老故事,
看不够九城宫的好风光。

漫瀚小镇

徐怀亮 恭大来 作词
周凯强 尚圆圆 作曲

1=G 2/4
中板 ♩=88
自由地

漫瀚宝贝

多少次来到九城宫,
多少次徘徊在漫瀚小镇。
你一遍遍唱着《想亲亲》,
《泪蛋蛋抛在沙蒿蒿林》。
你那长发飘飘的背影,
你那会说话的大眼睛。
你就是漫瀚宝贝,
你是我梦中情人,
红尘有缘,花开有情,
人海茫茫我们何时相逢?

多少次梦回九城宫,
多少次沉醉在漫瀚小镇。
想着你纯朴美丽和善良,
想着你温柔甜美的声音。
回头一笑爱如晚风,
留下人间风情万种。
你就是漫瀚宝贝,
你是我梦中情人,
红尘有缘,花开有情,
人海茫茫我们何时相逢?

漫瀚宝贝

徐怀亮 恭大来 作词
周凯强 尚圆圆 作曲

1=♭E 4/4
♩=65

明普慈福总是情

明德惟馨，
慈善装满心中。
播撒大爱，
温暖困难人群，
凝聚八方力量，
抚平累累伤痕。
我们把心靠拢，
积善成德与天地共生。

普愿皆安，
融化冰雪寒冷。
奉献真情，
天下无苦无痛，
种下菩提善业，
恩泽利他造福人民。
我们凝心聚力，
捧向大地一片光明。

一个明字在心中，
胸怀世界扶危济困，
一个普字传四方，
慈福天下总是情。

明普慈福总是情

徐怀亮 作词
桑洁 作曲

1=♭E或D 2/4

中速

```
6 - | 3· 5 6 7 6 | 6 5 6 2 - | i 6 i 2 | 3 -
        一 个  普 字      传 四  方
3 - | 3· 2  3 5 | 6 i 6 - 6 i | 2 -  2 3 |
     慈 福  天 下              总
5 3 | 2 i | i 6 - | 6 - :‖ 6 - | 3· 5 6 i 6 |
是    情                   一 个  普 字
6 i | 2 - | i 6 i 2 | 3 - | 3 - | 3· 2 | 3 5 |
传    四     方              慈 福  天
6 i 6 - 6 i | 2 - 2 3 | 5 3 2 i | i 6 - |
下              总        是 情
6 - | i - | 2 - | 3 - 3 - 3 - 3 0 |(6 -)‖
总    是    情
```

你好鄂尔多斯

看不够的马兰花,喝不够的黄河水,
萨拉乌苏流淌着千年的美丽,
一代天骄长眠的英雄圣地,
会唱歌的响沙传递着神奇。

唱不尽的古如歌,读不完的蒙古秘史,
吉祥草原绽放永恒的魅力,
煤海草原在这里相映交辉,
一带一路迎来千载良机。

你好,鄂尔多斯,
天朗气清,满眼风光,
绿色发展,山川秀美。
你好,鄂尔多斯,
温暖世界,令人向往,
新时代新征程创造新的传奇。

你好鄂尔多斯

1=♭E $\frac{3}{4}$

徐怀亮 作词
周凯强 作曲

热情地 ♩= 140

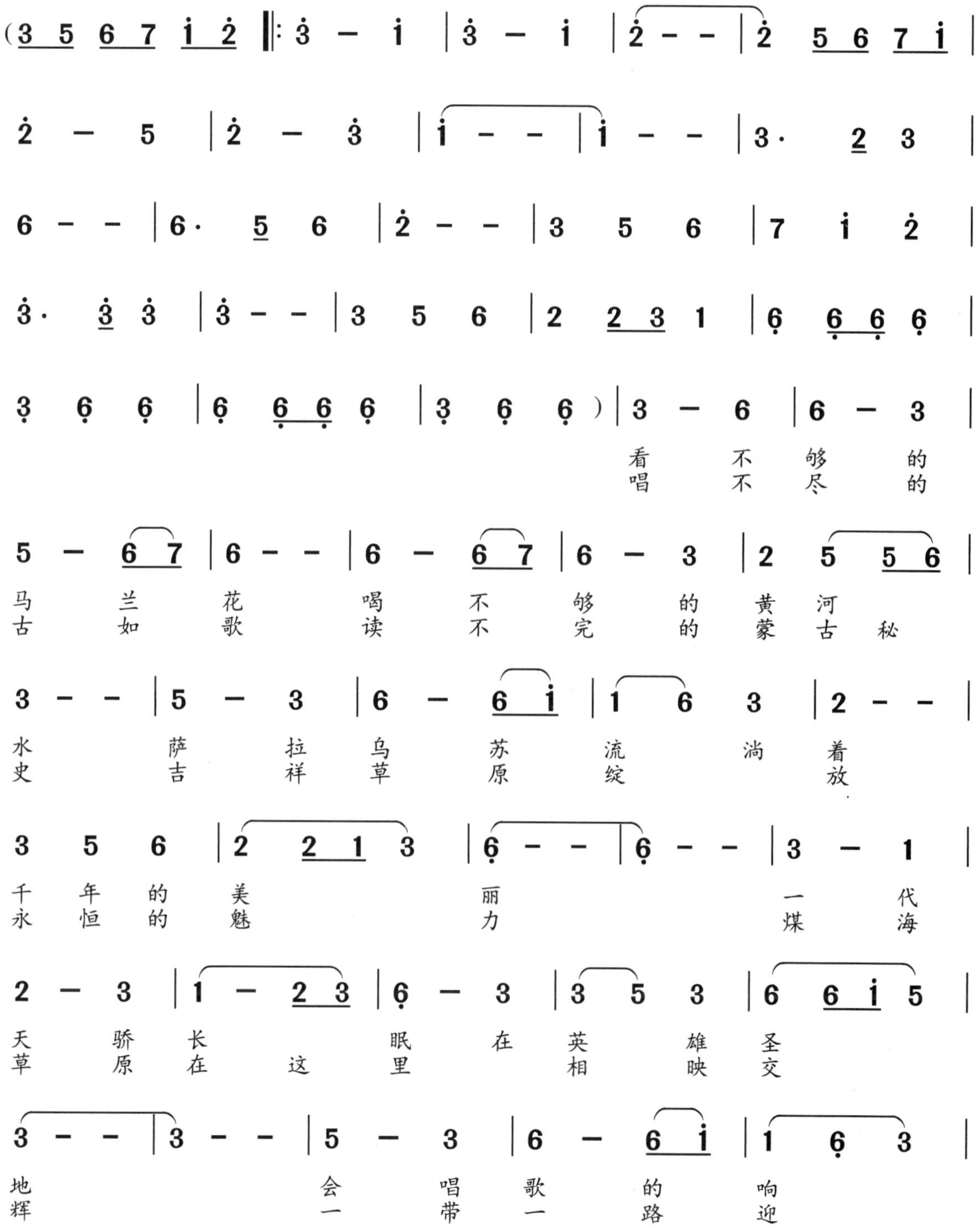
看 不 够 的
唱 不 尽 的
马 兰 花 喝 不 够 的 黄 河
古 如 歌 读 不 完 的 蒙 古 秘
水 萨 拉 乌 苏 流 淌 着
史 吉 祥 草 原 绽 放
千 年 的 美 丽 一 代
永 恒 的 魅 力 煤 海
天 骄 长 眠 在 英 雄 圣
草 原 在 这 里 相 映 交
地 会 唱 歌 的 响
辉 一 带 一 路 迎

| 2 - - | 3 5 6 | $\dot{2}$ - $\dot{1}$ | 6 - - 6 | $6\ 7\ \dot{1}\ \dot{2}$ |

沙　　来　　传　递　着　神　　奇　　　　　啊
来　　千　　载　良　　机

| $\dot{3}$ - - | 6 - 6 $\dot{1}$ | 5 3 6 $\dot{1}$ | 6 - - | $\dot{2}\ \dot{1}\ \dot{2}$ |

你　好　　鄂　尔　多　斯　　　　天　清　气

| 6 - 3 | 5 6 6 7 | 3 - - | 5 - 3 | 6 - $\dot{1}$ |

朗　　　　满　眼　风　光　　绿　　色

| $\dot{1}\ \dot{6}\ 3$ | 2 - - | 5 3 5 | 2 2 1 3 | 6 - - |

发　展　　山　川　秀　美

| $\dot{6}\ 6\ 7\ \dot{1}\ \dot{2}$ | $\dot{3}$ - - | 6 - 6 $\dot{1}$ | 5 3 6 $\dot{1}$ | 6 - - |

啊　　　　　你　好　　鄂　尔　多　斯

| $\dot{2}\ \dot{1}\ \dot{2}$ | 6 - 3 | 5 6 6 7 | 3 - - | 5· 3 3 5 |

温　暖　世　界　　　令　人　向　往　　新　时

| 6 - - | $\dot{1}$· 6 3 | $\dot{2}$ - - | 5 - 6 | $\dot{2}\ \dot{2}\ \dot{3}\ \dot{1}$ |

代　　新　征　程　　创　造　传

1.
| 6 - - | 6 ($6\ 7\ \dot{1}\ \dot{2}$) ‖ $\dot{2}\ \dot{2}\ \dot{3}\ \dot{1}$ | 6 - - | 6 ($6\ 7\ \dot{1}\ \dot{2}$) ‖

奇　　　　　　　　　传　奇　　　　　　　　D.S.

2.
| $\dot{2}\ \dot{2}\ \dot{3}\ \dot{1}$ | 6 - - | 6 - - | 5 - 6 | $\dot{2}$ - - |

传　奇　　　　　　　　　　创　造　传

| $\dot{3}$ - - | $\dot{3}$ - - | $\dot{3}$ - - | $\dot{3}$ - - | 6 - - |

　　　　　　　　　　　　　　　　　　　　奇

| 6 - - | 6 - - | 6 - - | 6 - - | 6 0 0 ‖

你我同行

这片美丽的土地上，
英雄的歌谣永久传唱。
这片古老的土地上，
美好的梦想传递力量，
年轻的旅投人扬帆起航。
风华正茂，道路漫长，
放飞激情，放飞梦想，
汗水播洒美丽的家乡，
你我同行，一个理想，
伊金霍洛因为我们更加荣光。

这片火热的土地上，
理想的鸟儿插上翅膀。
这片厚重的土地上，
历史的天空追赶时光，
快乐的旅投人志在远方。
热血沸腾，奋发向上，
永远自信，永远坚强，
青春奉献美丽的家乡，
你我同行，一个愿望，
伊金霍洛因为我们更加辉煌。

你我同行

徐怀亮 作词
翁守贤 作曲

1=F 4/4
♩=80

(1 1 1 1 | 5 3 1 2 0 0 | 1 1 1 1 5 6 6 6 | 5 3 2 1 —)

5 1 3 3 5 | 2 3 1 6 5 — | 5 5 6 6 6 — | 5 3 2 1 2 —
这片美丽的 土 地 上　英雄的歌谣　永久传 唱
这片火热的 土 地 上　理想的鸟儿　插上翅 膀

3 3 3 3 3 | 2 3 1 7 6 — | 7·6 5 1 3 5 | 2 3 1 6 1 —
这片古老的 土 地 上　美 好的梦想 传递力 量
这片厚重的 土 地 上　历 史的天空 追赶时 光

5 5 6 1 7 6 — | 5 6 3 6 5 — | 5 6 5 3 | 2 3 1 2 3 —
年轻的旅投人　扬帆起 航　风华正茂　道路漫 长
快乐的旅投人　志在远 方　热血沸腾　奋发向 上

5 6 1 7 6 — | 5 6 4 5 3 — | 5 6 6 6 | 5 5 3 2 3 1 —
放飞激 情　放飞梦 想　汗水播洒　美丽的家 乡
永远自 信　永远坚 强　青春奉献　美丽的家 乡

1 1 1 1 | 5 3 1 2 0 0 | 1 1 1 1 5 6 6 6 | 5 3 2 1 — ‖
你我同行 一个理想　伊金霍洛因为我们更加荣 光
你我同行 一个愿望　天骄圣地因为我们更加辉 煌

5·3 5·2 | 1 — — — ‖
更加辉　煌

千年秦直道

千年秦直道，
穿越大北方，
多少悲壮，
多少守望，
多少故事，
多少沧桑。
穿黄沙，
跃大漠，
千里莽苍苍，
堑山堙谷，
气吞万里向北方。
车辚辚，
关山月冷送征人，
马萧萧，
刀光剑影战鼓响。
望长空，
雁北归，
云海茫茫，
心手相牵，

守护我的大北疆。
水绿绿,
盛世欢歌牛羊壮,
山青青,
晚风送爽酒飘香。

千年秦直道,
穿越大北方,
多少梦想,
多少向往,
烽火鼓角烟尘绝,
沧海桑田换新装。
千年秦直道,
今朝更辉煌。

千年秦直道

徐怀亮 作词
周凯强 作曲

1=F 2/4
♩=76

6· 3 | 6 2 3 | 2 — | 2 — | 7· 2 | 5 3 5 | 6 — |
千 年 秦 直 道　　　穿 越 大 北 方

6 — | 6· 3 6 1 2 | 1 — | 1 — | 5· 6 | 7 5 |
多 少 悲　 壮　　　多 少 守

3 — | 3 — | 5· 3 5 6 | 3 2 | 2 — | 2 0 |
望　　　　多 少 故 事 多 少

♩=60
5 — | 6 — | 6 — | (6· 3 | 3 — | 2· 3 1 2 | 6 — |
沧　 桑

1· 6 | 6 2 5 6 | 3 — | 3 — | 6· 3 | 3 — | 2· 3 1 2 3 |

2 — | 5· 3 5 6 | 3 2 5 6 7 | 6 — | 6 — | 6 — | 6 —) |

‖: 6 3 3 | 2 5 6 3 | 2 1 2 2 3 | 6 — | 6 2 2 3 | 5 6 7 6 | 5· 2 |
穿 黄 沙 跃 大 漠 千 里 莽 苍 苍　　　堑 山 堙 谷 气 吞 万 里 向 北
望 长 空 雁 北 归 云 海 茫　 茫　　　心 手 相 牵 守 护 我 的 大 北

3 — | 3 6 6 | 5 6 1 6 3 | 5 3 | 5 6 | 2 — | 6 3 2 | 3 6 5 3 |
方 疆　 车 辚 辚 关 山 月 冷 送 征 人 马 萧 萧 刀 光 剑 影
　　　水 绿 绿 盛 世 欢 歌 牛 羊 壮 山 青 青 晚 风 送 爽

|1. |2.
3 2 5 | 6 (1 2 | 3 5 3 | 2 5 6 7 | 6 — | 6 —) :‖ 6 — ‖
战 鼓 响　　　　　　　　　　　　　　　　　　　香
酒 飘

千年秦直道 穿越大北方 多少梦想多少向往 烽火鼓角烟尘绝 沧海桑田换新装 香 千年秦直道 穿越大北方 多少梦想多少向往 烽火鼓角烟尘绝 沧海桑田换新装 沧海桑田换 新装

情牵敖包

情牵敖包,
蓝天白云,
情牵敖包,
长生天的陪伴,
天苍苍,
在远方,
高原常入梦,
七彩飘带舞长空,
祈福草原风调雨顺,
你是牧人信念的永恒。

情牵敖包,
牛羊成群,
情牵敖包,
苏鲁锭的守望,
路长长,
在远方,
故乡在心中,
哈达纷飞舞长空,
祈福草原四季安宁,
你是牧人信念的永恒。

情牵敖包

徐怀亮 作词
新吉乐图 作曲

1=C 4/4
♩=65

```
0 0 0 6̣ 3 | 3 - - 5 6 | 3 - - 6̣ 3 | 2 - - 5̇ 6̇ 7̇ |
      情 牵   敖   包   情 牵   敖 包   蓝 天   白
      情 牵   敖   包   情 牵   敖 包   牛 羊   成

3 - - 6̣ 3 | 3 - - 5 6 | 3 - - 6̣ 3 | 2 - 2 1 2 3 |
云    情 牵    敖    包    长 生 天    的 陪
群    情 牵    敖    包    苏 鲁 锭    的 守

6̣ - - 3 5 6 | 6 - 6̇ 1̇ 2̇ 5 | 6 - - 1̇ 2̇ | 2 - - 5 6 7 |
伴    天 苍 苍    在 远 方    故  乡    常 入
望    路 长 长    在 远 方    故  乡    在 心

3 - - - | 3 6 6 3 1 2 5 6 | 3 - - - | 6̣ 3 2 1 5̣ 6̣ 1 2 |
梦       七 彩 飘 带 舞 长 空    祈 福 草 原 风 调 雨
中       哈 达 纷 飞 舞 长 空    祈 福 草 原 四 季 安
```

1. 6 - - - :|
顺
宁

2. 6 - - 3 2 | 3 - - 5 6 | 3 - - 6̣ 3 |
   宁   啊   啊   啊

2 - 2 1 2 3 | 6̣ - - - | 6̣ 3 2 1 5 6 6̣ 1 2 | 6̣ - - - ‖
啊   你 是 牧 人 信 念 的 永   恒

去杭锦大地看看

这里的天空纯净蔚蓝,
几字弯里五彩斑斓,
匈奴王冠千年灿烂,
古如歌让你浮想联翩,
月亮升起的时候,
我想去杭锦大地看看。

这里的四季精彩不断,
瀚海大漠神光奇观,
沙葱花飘香流连忘返,
穿沙故事让你热泪涟涟,
太阳升起的时候,
我想去杭锦大地看看。

我想去杭锦大地看看,
库布其经验世界样板,
绿富同兴黄沙变金,
绿色发展风起扬帆!

去杭锦大地看看

徐怀亮 作词
周凯强 作曲

1=♭E 2/4
赞美地 ♩=62

(3 - | 3 1 2 3 | 6 - | 6 - | 2 - | 2 6 5 6 | 3 - | 3 - | 6 3 3 1 | 2 3 2·|

3 6 5 6 | 3 - | 3 5 6 2 3 1 | 6 - | 6 -) | 3 6 6 1 | 2 3 1 6 | 2·3 5 6 1 | 6 - |
　　　　　　　　　　　　　　　　　　　　　　　这里的 天 空 纯净蔚 蓝
　　　　　　　　　　　　　　　　　　　　　　　这里的 四 季 精彩不 断

5 6 1 2 | 6 5 3 | 2·6 6 5 | 3 - | 3 6 5 | 6·1 6 | 5 3 5 6 | 2 - | 0 3 5 3 |
几字　弯里　五彩斑　斓　匈奴王　冠　千年灿　烂　古如歌
瀚海　大漠　神光奇　观　沙葱花　飘　香 流连忘　返　穿沙故

6 5 6 1 | 5·6 2 3 1 | 6 - | 2·3 | 2 6 6 5 6 | 2 - | 0 3 2 3 | 5 3·|
让 你 浮想联　翩　月亮升起的　时候　我想去　杭锦
事让你 热泪涟　涟　太阳升起的　时候　我想去　杭锦

5 6 2 1 | 6 - | 6 - | 6 6 3 | 2 3 1· | 2 3 1 2 | 6 - | 1 2 3 | 6 5 3 |
大地看　看　　　我想去杭锦　大地看　看　库布其经　验
大地看　看

2 6 6 5 | 3 - | 6·3 5 6 1 6 | 1 1 6 | 2 - | 5·6 5 3 | 5 6 2 3 | 6 - |
世界样　板　绿富同　兴 黄沙变金　绿色发展　风起扬　帆

6 - ‖: 6 6 3 | 2 3 1· | 2 3 1 2 | 6 - | 1 2 3 | 6 5 3 | 2 6 6 5 | 3 - |
D.C.　我想去杭锦　大地看　看　库布其经　验世界样　板

6·3 5 6 1 6 | 1 1 6 | 2 - | 5·6 5 3 | 5 6 2 3 1 | 6 - |
绿富同　兴 黄沙变金　绿色发展　风起扬　帆

6 - | 5·6 5 3 | 5 6 1 2 3 | 3 - | 3 - | 6 - | 6 - | 6 - ‖
　　绿色发展　风起扬　　　　　帆

人间正道彩云飞

乡村留下你的汗水，
校园留下你的智慧，
军营留下你的风采，
巷道留下你的足迹。
人生长长一条路，
有平坦有曲折。
都说万丈红尘三杯酒，
人间正道彩云飞。
都说万丈红尘三杯酒，
报效国家无怨也无悔。
七尺男子汉，问心也无悔，
大写天地间，幸福永相随。

童年留下苦涩记忆，
青春留下创业传奇，
博爱留下美好情怀，
奉献留下精彩壮美。
岁月悠悠一首歌，
有酸甜有悲喜。

报效国家无怨也无悔,
好人一生幸福相随。
都说万丈红尘三杯酒,
报效国家无怨也无悔。
七尺男子汉,问心也无悔,
大写天地间,幸福永相随。

人间正道彩云飞

徐怀亮 作词
凉月 作曲

1=♭E 4/4

中速 壮美地

(5 6 | 3 2 2 1 3 - | 2 1 2 3 1 - | 0 6 1 6 5 1 2 3 | 2 - - 6 | 1 - - -)

3 5 5 6 5 5 - | 3 2 2 3 1 6 5· | 6 1 1 6 6 5 5 1 | 2 - - -|
乡村留　下　你的汗　水　校园留下你的智　慧
童年留　下　苦涩记　忆　青春留下创业传　奇

3 5 5 6 3 3 - | 3 2 2 1 6 6 - | 5 6 5 3 3 2 2 6 | 1 - - 1 7 |
军营留　下　你的风　采　巷道留下你的足　迹　人生
博爱留　下　美好情　怀　奉献留下精彩壮　美　岁月

6· 5 6 6 7 | 5 - - 6 1 | 2· 6 1 5 3 | 2 - - 3 2 | 1 2 3 6 5 5 - |
长长一条　路　有平坦　有曲　折　都说万丈红　尘
悠悠一首　歌　有酸甜　有悲　喜　报效国家无　怨

3 2 2 1 6 6 - | 2 2 2 1 2 2 3 | 5 - - 5 6 | 3 2 2 1 3 - | 3 2 2 3 2 1· |
三杯　酒　人间正道彩云　飞　都说万丈红　尘　三杯　酒
也无　悔　好人一生幸福相　随

2 2 2 6 3 2 2 1 | 1 2 2 - - | 7 7 7 3 5 - | 7 7 3 2 1 1· 6 5 |
报效国家无怨也无　悔　七尺男子汉　问心也无愧　大写

1.
6 7 1· 2 3 | 2 - - 1 6 6 1· 1 - | 3 2 2 1 1 - | 2 1 ♭6 6 5 4 |
天地间幸福　永相　随

2.
5 - 3 7 1 | 1 - - - | 4 3 4 1 5 - | 6 5 6 3 2 1 | 2 - - - | 2 - - -) ‖ 6 7 1 - |
　　　　　　　　　　　　　　　　　　　　　　　　　　　　　　　　　天地间

结束句
3 2 2 1· 2 | 2 - | 2 - 2 0 1 2 ‖ 6 7 1· 2 3 |
幸福永相　随　　　　都说　天地间幸
　　　　　　　　　　　　D.S.

渐慢
2 - - 1 2 1 | 1 1 1 1 - - | 1 - - - ‖
福　永相　随

人间正道彩云飞

徐怀亮 作词
魏光 作曲

1=F 2/4

深情地 ♩=70

(5 3 i 76 | 5 - | 6 6 i 4 3 2 | 5 - | 1 1 2 3 6 i | 6 5 3 2 | 2 2 3 6 5 | 1 -)

‖: 3 5 5 3 | 6 5 5 3 | 5 - | 5 - | 6 i i 6 | 6 5 5 3 | 2 - | 2 - | 3 5 5 3 |
乡村留下你的汗　水　　校园留下你的智　慧　　军营留下
童年留下苦涩记　忆　　青春留下创业传　奇　　博爱留下

6 5· | 3 2 1 6 | - | 2 2 2 3 | 6 i 6 | 5 - | 5 - | 6 i i 2 | i - | 6 5 6 |
你的风　采　巷道留下你的足　迹　　人生长　长　一条
美好情　怀　奉献留下精彩壮　美　　岁月悠　悠　一首

3 - | 2 2 1 6 | 1 3 | 2 - | 2 - | 3 5 5 3 | 6 5· | i 2 i | 6 - | 6 6 5 3 |
路　有平坦有曲　折　　都说万丈红尘　三杯　酒　人间正道
歌　有酸甜有悲　喜　　报效国家无怨　也无　悔　好人一生

2 2 3 | 1 - | 1 0 :‖ i i i 2 | 3 2· | i 7 6 3 | 5 - | 6 i i 2 | i 6 5 3 |
彩云　飞　　　　都说万丈红尘　三　杯　酒　报效国家无怨也无
幸福相　随

2 - | 2 - | 5 5 6 5 | 3 - | i 3 2 i 7 | 6 - | 6 5 6 i |
悔　　　七尺男子汉　　问心永无　愧　　大写天地

结束句
2 - | 7 6 5 5 6 | i - | i 0 :‖ 2· 3 | 6 5 6 | i - | i 0 ‖
间　幸福永相　随

守护绿色

天空蔚蓝是我的梦想，
河水清清是我的责任，
每一寸土地把我养育，
守护绿色是我的使命。
我们是光荣的环保卫士，
万里河山写下忠诚，
守护绿色像守护眼睛，
爱护家园就是爱护母亲。

绿水青山是你的向往，
阳光明媚是你的憧憬，
每一只飞鸟都是朋友。
美好世界和谐共存。
我们是光荣的环保卫士，
万里河山写下忠诚，
守护绿色像守护眼睛，
爱护家园就是爱护母亲。

守护绿色

1=F 2/4

徐怀亮 刘向东 作词
周凯强 作曲

(5· 55 | 53 1·6 | 5 — | 5 — | 1· 11 | 1 65·1 | 2 — |

2 — | 3 5 5 6 | 3 — | 2· 1 2 2 3 | 6 — | 5· 5 6 3 | 3 2 5 6 |

1 — | 1 —) ‖: 3 5 6 5 | 1· 3 | 2 1 2 2 3 | 5 — | 6 5 6 1 |
天空蔚 蓝 是我的 梦 想 河水清
绿水青 山 是你的向 往 阳光明

2· 3 | 5 5 6 5 1 | 2 — | 3 5 3 | 6 5 6 3 | 3 2 2 3 5 | 6 — |
清 是我的责 任 每一寸土 地把我养 育
媚 是你的憧 憬 每一只飞 鸟都是朋 友

5 6 1 | 3 2 3 | 5 6 1 | 2 — | 2 — :‖ 5 2· | 3 2 1 6 |
守护 绿色是我的 使命 世界 和谐共
美好

1 — | 1 — | 3 5 6 1 | 2· 1 | 6 3 6 1 | 5 — | 6 1 6 |
存 我们是光荣的 环保卫 士 万里

5 6 5 3 | 1 6 5 6 3 | 2 — | 3· 2 2 3 | 5· 3 | 6· 5 5 6 | 1 — |
河山写下忠 诚 守护绿 色 像守护眼 睛

1 — | 5· 5 6 3 | 2 3 2· | 3 2 5 6 | 1 — | 1 — :‖ 5 2·
爱护家园就是 爱护母 亲 世界
D.S.

3 2 1 6 | 1 — | 1 — ‖ 3 5 6 1 | 2· 1 | 6 3 6 1 | 5 — |
和谐共存 我们是光荣的 环保卫 士

$6\ \dot1\ 6\ |\ 5\ 6\ 5\ 3\ |\ 1\ 6\ 5\ 6\ 3\ |\ 2\ -\ |\ 3\cdot\ 2\ 2\ 3\ |\ 5\cdot\ 3\ |\ 6\cdot\ 5\ 5\ 6\ |$
万　里　河　山　写　下　忠　　诚　　守　护　绿　　色　像　守　护　眼

$\dot1\ -\ |\ \dot1\ -\ |\ 5\cdot\ 5\ 6\ 3\ |\ 2\ 3\ 2\cdot\ |\ 3\ 2\ 5\ 6\ |\ \dot1\ -\ |\ \dot1\ -\ :\|$
睛　　　　　　　爱　护　家　园　就　是　爱　护　母　亲

$0\ 5\ 6\ \dot1\ |\ 2\ 3\ |\ 3\ -\ |\ 3\ -\ |\ \dot1\ -\ |\ \dot1\ -\ |\ \dot1\ 0\ \|$
爱　护　母　　亲

赛汗塔拉　梦中的家园

在我的心中，
有一个家园，
风吹草低百花鲜艳，
鹿鸣呦呦，
讲述着不老的故事，
蓝天下一幅美丽的画卷，
一步一景入心田，
一山一水醉心间！
赛汗塔拉，城中草原，
我的思念，我的眷恋。

在我的梦中，
有一个世界，
牧歌悠扬奶茶香甜，
马蹄声声，
踏出最美的风景线，
放飞心灵畅想明天，
有情有爱长相忆，
欢歌笑语尽开颜！
赛汗塔拉，城中草原，
我的思念，我的眷恋。

赛汗塔拉 梦中的家园

徐怀亮 作词
周凯强 作曲

1=♭E 2/4

(3 6 i | 2 2 3 2 | i i i 2 6 i 5 | 3 - | 3· 5 6 3 | 2· i 2 3 i | 6 - | 6 -)

‖: 6 3 3 6 | 2 2 2 2 3 1 | 6 - | 6 - | 6· 2 2 3 | 5 3 6 i 5 | 3 - | 3 - |
在我心中 有一个乐　　园　　　　风 吹草低 百花鲜　艳
在我梦中 有一个家　　园　　　　牧 歌悠扬 奶茶香　甜

3· 6 6 i | 6 - | 6 3 3 6 | 2 - | 1. 5 3 3 1 | 2 2 3 5 6 i | 6 - | 6 - :‖
鹿鸣呦　呦　　不老的故　事　　蓝天下一幅 美丽的画　卷
马蹄声　声　　最美的风景线

2.3.
5· 3 3 1 | 2 2 3 5 6 i | 6 - | 6 - | 6 6 i 2 3 | 2 - | 2 2 3 5 6 i | 6 - | 2· i i 6 |
放飞心灵 畅想明　天　　　　赛汗塔　　拉　城中草　原　　一步一景
载歌载舞

6 2 6 i 5 | 3· 2 5 | 3 - | 3· 5 6 6 i | 6 - | i· 6 i 2 3 | 2 - | 3· 5 6 3 |
醉　心　间　　　　赛汗塔　拉　　城中草　原　　我 的思念
尽 开　颜

2· i 2 3 i | 6 - | 6 (i 2 | 3 - | 3 2 3 i | 6 - | 6 6 i 2 | 2 - | 2 6 i 5 | 3 - |
我 的眷　恋

3 - | 5 3 5 | 6· i 6 | i 6 i 2 3 | 2 - | 3· 5 6 3 | 2· i 2 3 i | 6 - | 6 -): ‖

6 6 i 2 3 | 2 - | 2· 3 5 6 i | 6 - | 2· i i 6 | 6 2 6 i 5 | 3· 2 5 | 3 - |
赛汗塔　拉　城中草　原　　载歌载舞尽 开　颜

3· 5 6 6 i | 6 - | 6· 6 i 2 3 | 2 - | 3· 5 6 3 | 2· i 2 3 i | 6 - | 6 - |
赛汗塔　拉　城中草　原　　我的思念我的眷　恋

i· 6 2 3 | 3 - | 3 - | 3 - | 3 - ‖
我 的眷　恋

丝绸古道

一缕丝绸连起了千年的风光，
一声秦腔沙哑了西去的渴望，
大漠孤烟与绿洲握手，
万里云天流过地中海的光芒。
丝绸古道，几多歌舞几多狼烟，
掩埋了多少情天恨海的传说，
丝绸古道，几多惆怅几多梦想，
点亮欧亚爱的阳光明天的辉煌。

一条商路承载了千秋的风雨，
一串驼铃诉说着岁月的沧桑，
长河落日与海浪拥抱，
敦煌飞天漫舞波斯湾的向往。
丝绸古道，几多歌舞几多狼烟，
掩埋了多少情天恨海的传说，
丝绸古道，几多惆怅几多梦想，
点亮欧亚爱的阳光明天的辉煌。

丝绸古道

徐怀亮 作词
凉月 作曲

1=E 4/4
♩=64

6̲ 7̲ 1̲ 2̲ 3̲ 1̇ 7̲ | 6 6̲ 7̲ 2̲ 5̲ 3 - | 3̲ 6̲ #4̲ 2̲ 1̲ 2̲ 3̲ 2 | 7̲ 7̲ 2̲ 5̲ 6̲ 7̲ 6 - |

一缕丝绸连起了 千年 的风光　一声秦腔沙哑了 西去 的渴望
一条商路承载了 千秋 的风雨　一串驼铃诉说着 岁月 的沧桑

1̲ 2̲ 3̲ 1 6 · 3̲ | #4̲ 4̲ 5̲ 2̲ 3̲ 4̲ 3 - | 6̲ #4̲ 2̲ 3̲ 4̲ 3̲ 6̲ 1 | 7̲ 7̲ 2̲ 3 5̲ 6̲ 7̲ |

大漠孤烟 与绿洲握　手　万里云天 流过　地中海的光
长河落日 与海浪拥　抱　敦煌飞天 漫舞

1.
6 - - ‖: 7̲ 7̲ 2̲ 3 5̲ 6̲ 7̲ | 6 - - - | 6̲ 3̲ 3̲ 1̲̇ 2̲ 2̲ 6 |

芒　　　　　波斯湾的向　往　　丝绸古　道

2.3.
7̲ 7̲ 2̲ 5̲ 6̲ 7̲ 6 - | 0 1̇ 1̇ 1̇ 7̲ 6̲ 7̲ 6̲ 3̲ | 2̲ 6̲ 1̲ 5̲ #4̲ 3 - | 6̲ 3̲ 3̲ 1̲̇ 2̲ 2̲ 6 |

丝绸古　道　　几多歌舞几 多狼　烟　丝绸古　道

7̲ 7̲ 2̲ 5̲ 6̲ 7̲ 6 - | 0 2̲ 2̲ 2̲ 3̲ 5̲ · 3̲ 5̲ 6̲ | 2̇ 2̇ · 2̇ 0̲ 3̲ 5̲ 6̲ 7̲ | 6 - - - ‖ D.C.

丝绸古　道　　掩埋了多少情天 恨海　　　的传　说

6̲ 3̲ 3̲ 1̲̇ 2̲ 2̲ 6 | 7̲ 7̲ 2̲ 5̲ 6̲ 7̲ 6 - | 0 1̇ 1̇ 1̇ 7̲ 6̲ 7̲ 6̲ 3̲ | 2̲ 6̲ 1̲ 5̲ #4̲ 3 - |

丝绸古　道　　丝绸古　道　　几多惆怅几 多梦　想

6̲ 3̲ 3̲ 1̲̇ 2̲ 2̲ 6 | 7̲ 7̲ 2̲ 5̲ 6̲ 7̲ 6 - | 0 2̲ 2̲ 2̲ 3̲ 5̲ · 3̲ 5̲ 6̲ | 2̇ 2̇ · 2̇ 0̲ 3̲ 5̲ 6̲ 7̲ |

丝绸古　道　　丝绸古　道　　点亮欧亚爱的阳光 明天　　　的辉

6 - - - | 1̇ - 2̇ - | 3̇ - - - | 3̇ - - - ‖

煌　　辉　　　煌

丝绸古道

徐怀亮 作词
覃新明 作曲

1=G 2/4
♩=52

(5656 565 0 | 5656 2320 | 5656 13 | 2·32 0 |

5656 565 0 | 5656 #43 0 | 5656 13 | 5 1 0)

5656 161 | 2·32 0 | 1613 | 5 — | 6161 61 | 2·32 0 |
一缕丝绸连起了千年　千年的风　光　一声秦腔沙哑了西　去
一条商路承载了千秋　千秋的风　雨　一串驼铃诉说着岁　月

2225 2 | 3 — | 222 5·2 5 0 2 | 1112 3 | 6 — | 5·3 5 61 |
西去的渴　望　　大漠 孤烟 与绿洲握 手　万里云天
岁月的沧　桑　　长河 落日 与海浪拥 抱　敦煌飞天

2·3 2 | 2·2 22 | 265 | 5 — | 5 — ‖ 55 6 | 1̇652 | 1·1 15 | 123 |
流　过地中海的光　芒　　　丝绸　古道 几多歌舞几多狼
漫　舞波斯湾的向　往

2 — | 22 3 | 5216 | 6126 556 | 5 — | 55 6 | 1656 0 |
烟　掩埋了多　少情天恨海的传说　丝绸　古道

2·22 1223 | 6 — | 22 6 | 2·#45 0 | 66·62 | 4442 |
几多惆怅几多梦想　　点亮　欧亚 爱的阳光 明天的辉

1.
5 — | 5 — :‖ 60 1̇32 | 5 — | 1̇2 | 2 — | 5 — | 5 — | 5 0 ‖
煌　　　　　　煌辉　煌辉　　　　　　　　　　　煌

丝绸古道

徐怀亮 作词
张生 作曲

1=F 2/4

天边草原

在天边,在云间,
小河弯弯映蓝天,
无边草海涌绿浪,
多少牵挂,多少眷恋,
多少牵挂,多少眷恋,
梦里策马去相见,
马背上舞翩跹,
天边草原,马背家园,
爱在心间,爱在心间。

在天边,在云间,
牧歌悠悠云缠绵,
七色彩虹献吉祥,
多少传奇,多少爱恋,
多少传奇,多少爱恋,
琴声约我去相见,
马背上最浪漫,
天边草原,马背家园,
爱在心间,爱在心间。

天边草原

徐怀亮 作词
贺继成 作曲

1=♭E 2/4

深情 激昂地 ♩=60

𝄆 5·3 52 | i - | 6 2 i 2 6 | 5 - | 6 i 6 | 5 6 5 3 | 1 5 5 6 3 | 2 - | 3 3 5 2 1 |

5·3 3 2 1 | (1 - | 1 -) | 1·5 5 3 2 | 3 - | 2·i 6 1 2 | 5 - | 7·7 6 5 | 2 5 6 3 |
　　　　　　　　　　　　 在　天　边　　 在　云　间　　小河弯弯映蓝天
　　　　　　　　　　　　 在　天　边　　 在　云　间　　牧歌悠悠云缠绵

4·5 5 6 | 2 - | 3 3 5 2 3 1 | 6 - | 2·3 5 6 | 5 - | 6 5 3 | 1·6 6 | 6 5 3 |
映　蓝　天　　无边草　　 海　　涌绿浪　多少　　挂牵　多少
云　缠　绵　　七色彩　　 虹　　献吉祥　多少　　传奇　多少

2 1 6 | 5 6 1 | 2·3 5 | 5·3 3 2 1 | 1 - | 1 - ‖ 5·3 5 2 | i - | 6 2 i 2 6 |
眷恋　多少　挂牵　多少眷　恋　　　　　　梦里策马　　去　相
爱恋　多少　传奇　多少爱　恋　　　　　　琴声约我　　去　相

5 - | 6 i 6 | 5 6 5 3 | 1·5 5 6 3 | 2 - | 5·3 5 2 | i - | 6·i 2 3 1 | 2 - |
见　马背上　舞翩翩　舞　翩　翩　　天边草　原　　马背家　园
见　马背上　最浪漫　最　浪　漫　　天边草　原　　马背家　园

3·5 5 6 | i 2 i 6 | 5 6 i 3 2 | i - | i - ‖ 3·5 5 6 |
爱　在　心　间　　爱在心　间　　　　　　　　　　爱　在
爱　在　心　间　　爱在心　间　　　　　　　　　 D.S. 爱　在

自由地 慢

i 2 i 6 ∨ | 5 6 i | 2 3 | 3 - | 3 - | i - | i - | i - ‖
心　间　爱在　心　　　　　间

同心同胜

同在一片蓝天下,
我们的家是大中华,
同唱一首心中的歌:
五十六个兄弟姐妹是一家。
同是一条藤上的瓜,
祖国是咱的好妈妈,
石榴籽,石榴花,
紧紧拥抱咱妈妈,
中华儿女心向党,
同心同胜遍地芳华。

同饮黄河长江水,
祖国母亲孕育了咱,
同绘幸福壮美的画,
几字弯里飞红霞。
共圆民族复兴梦,
十指同心力量大。
石榴籽,石榴花,
紧紧拥抱咱妈妈,
中华儿女心向党,
同心同胜遍地芳华。

同心同胜

徐怀亮 作词
周凯强 作曲

1=F 2/4
♩=70

童年的村庄

总要记起你的模样，
总是想起你的慈祥。
村头那棵老榆树，
还在日夜把我瞭望。
村口那条黄土路，
送我走向远方。
童年的村庄，
我落地生根的地方。
几回回睡梦中醒来，
还是坐在你的土炕上，
几回回睡梦中醒来，
总是妈妈年轻时的脸庞。

总要记起那轮月亮，
总是想起那抹夕阳。
门前那条小河，
还在天天为我歌唱。
蓝天上的大雁，
给我多少向往。

童年的村庄，
我落地生根的地方。
多少次想你的时候，
眼里饱含甜蜜的忧伤。
多少次想你的时候，
心里结满幸福的惆怅。

童年的村庄

徐怀亮 作词
张生 作曲

1=C 4/4

中速 深情地

3 6 6 5 6 6 1 6 6 - | 7 7 7 7 5 5 6 3 - | 6 2 2 2 2 3 2 2 - |
总要记起你的模　样　　总是想起你的慈　祥　　村头那棵老榆　树
总要记起那轮月　亮　　总是想起那抹夕　阳　　门前那条小　　河

5 5 5 6 7 7 5 3 - | 3 6 6 5 6 6 1 6 6 - | 7 7 7 7 5 5 6 3 - |
还在日夜把我瞭望　　总要记起你的模　样　　总是想起你的慈　祥
还在天天为我歌唱　　总要记起那轮月　亮　　总是想起那抹夕　阳

6 2 2 2 2 3 2 2 - | 5· 6 7 7 2 | 1 6 - - - |
村口那条黄土　路　　伴　我　走 向　远　方
蓝天上的大　　雁　　给　我　多 少　向　往

3 2· 3 1· 2 1 6 6· 6 | 7 7 7 6· 7 3 - | 6 2 2 2 1 6 2 3 2 2 |
童 年 的 村　　庄 我落地生根的 地 方　　几回回睡梦中醒　来
童 年 的 村　　庄 我落地生根的 地 方　　多少次想你的时　候

5 5 5 6 7· 7 5 6 3 - | 3 2· 3 1· 2 1 6 6· 6 | 7 7 7 6· 7 3 - |
还是坐在你的土炕上　　童 年 的 村　　庄 我落地生根的 地 方
眼里饱含美丽的忧伤　　童 年 的 村　　庄 我落地生根的 地 方

6 2 2 2 1 6 2 3 2 2 | 5 5 5 6 7 7 2 2 2· 1 | 6 - - - :|
几回回睡梦中醒　来　　总是妈妈年轻时的　脸　庞
多少次想你的时　候　　心里结满幸福的　　惆　怅

5 5 5 6 7 2 2· 2· 3 | 1 6 - - - | 6 - - - ‖
心 里 结 满 幸 福 的　惆　怅

童谣草原

亲吻你的花香醉人,
拥抱你的绿树成荫。
最美的童谣凝聚感动,
唱响这诗意的天空。
聆听这百鸟飞歌,
聆听这天籁之音,
放歌绿草白云,
分享天朗气清。

感受你的月色如银,
牵手你的篝火霓虹。
最美的童声记忆纯真,
沉醉了如画的风景。
放飞中国好声音,
放飞你我好心情,
唱响浓浓草原情,
沐浴吉祥中国梦。

童谣草原

徐怀亮 作词
张生 作曲

1=C 4/4

稍慢　深情地

| 6　6　6　5　i　i　5 | 6 - - - | 5 5 5 5 5 5 5 2 |

亲　吻　你　的　花　香　醉　人　　　　拥　抱　你　的　绿　树　成
感　受　你　的　月　色　如　银　　　　牵　手　你　的　篝　火　霓

| 3 - - - | 2 1 2 3 3 | 5 5 3 5 - |

荫　　　　最　美　的　童　谣　声　凝　聚　感　动
虹　　　　最　美　的　童　声　记　忆　纯　真

1.
| 5 3 5 7 7 5 6· | 6 - - - ‖

唱　响　这　诗　意　的　天　空
沉　醉　了　如　画　的　风　景

2.
| 5 3 5 2 2 5 i· |

沉　醉　了　如　画　的　风

| 6 - - - ‖: 3 3 3 3 i i 2 | 2 - - - |

景　　　　聆　听　这　百　鸟　飞　歌
　　　　　放　飞　中　国　好　声　音

| 2 2 2 2 2 5 5 5 i | 6 - - - | 3· 3 3 i 2 3 2 |

聆　听　这　天　籁　之　音　　　　放　歌　绿　草　白
放　飞　你　我　好　心　情　　　　唱　响　浓　浓　草　原

| 2 - - - | 2· 2 2 2 5 5 i | 2 5 | 6 - - - :‖

云　　　　分　享　天　朗　气　清
情　　　　沐　浴　吉　祥　中　国　梦

| 2· 2 2 2 2 | 5 - 6 - 6 - - - 6 - - 0 ‖

沐　浴　吉　祥　中　国　梦

万里茶道万里情

一条商道从南向北,
你从昨天走向未来,
风风雨雨荣辱兴衰,
传递你我千年的期待。
马帮匆匆、驼铃声声,
万里茶道万里情。

一条商道连通四海,
你用悲欢描绘精彩,
邻居相依、兄弟情怀,
凝聚欧亚人间的真爱。
潮起潮涌、日落日升,
万里茶道万里情。

一条商道金石为开,
你用同心书写信赖,
开放包容走出豪迈,
繁华草原连绵的山脉。
一带一路共赢共荣,
万里茶道万里情。

万里茶道万里情

徐怀亮 作词
凉月 作曲

1=♭E 4/4
♩=70

女：一条商道从南向北　你从昨天走向未来
　　风风雨雨荣辱兴衰　传递你我千年的期待

男：马　帮匆匆　驼　铃声　声
　　万　里茶道　万　里　情

女：一条商道连通四海　你用悲欢描绘精彩
男：邻居相依弟兄情怀　凝聚欧亚人间的真爱

潮　起潮涌　日　落日升

为谁辛劳为谁忙

经过多少风,
见过多少雨,
风风雨雨胸挺起,
浩气凛凛顶天立地,
困难面前头不低。
天大的责任一肩扛,
忘了自己喜乐忧伤,
惦记着百姓苦辣酸辛,
你为谁累你为谁想?
惦记着百姓苦辣酸辛,
你为谁辛劳你为谁忙。

翻过多少山,
越过多少岭,
坎坎坷坷无所惧,
伤心的时候忍着泪,
一身正气苍穹立。
再大的委屈心里藏,
人民的利益至高无上,

牵挂着事业成败兴衰,
你为谁累你为谁想?
牵挂着事业成败兴衰,
你为谁辛劳你为谁忙?
为谁辛劳为谁忙?

为谁辛劳为谁忙

徐怀亮 作词
何思渔 作曲

1=D 4/4

深情地

3 5 6 3 5 — | 6 5 3 2 3 5 — | 6 1 1 6 6 1 2 3 |
经过多少风　　见过多少雨　　风风雨雨里胸挺起
翻过多少山　　越过多少岭　　坎坎坷坷中大步行

5 6 6 5 1 2 3 2 2 | 3 3 5 3 2 3 — | 2· 3 5 7 6 5 6 — |
顶天立　地　　困难面前不弯腰
一身正　气　　伤心时候忍着泪

1 6 6 1 2 3 6 5 3 | 2 3 5 5 3 2 1 1 1 2 | 3 1 2 7 6 5 6 6 1 2 |
天大的责任一肩挑　凛凛浩　气　啊你为谁累啊
事业的成败和兴衰　是你扛　起

3 1 2 7 6 3 5 — | 6· 1 1 3 2 1 2 3 5 | 5 5 6 5 3 2 2 2 1 2 |
你为谁　想　　为谁辛苦为谁忙　为谁挂　记啊

3 1 2 7 6 5 6 6 1 2 | 3 1 2 7 6 3 5 — | 6· 1 1 3 2 1 2 3 5· 6 |
你为谁累啊你为谁　想　　不分昼夜苦为乐你
　　　　　　　　　　　　　　　酸甜苦辣人生路你

5 3 2 3 2 6 1 — :‖ 6· 1 1 3 2 1 2 3 5· 6 | 5 5 6 1 2 6 | 6 1 — — ‖
忘了自　己　　D.C. 酸甜苦辣人生　路你奉献自　己
奉献自　己

为谁辛劳为谁忙

徐怀亮 作词
赵勇 作曲

1=F 4/4 2/4

赞颂地 ♩=60

(1· 2 7 6 5 2 | 1 - 6 - | 4 5 2 2 1 6 | 5 - - - |

2· 3 1 2 6 6 2 | 1 - 6 - | 2· 2 2 3 5 6 2 | 1 - - -)

5· 3 6 3 5 - | 3 2 3 5 6 1 - | 6· 1 1 6 5 6 3 | 2 - - - |
经过多少风　见过多少雨　风风雨雨胸　挺起
翻过多少山　越过多少岭　坎坎坷坷无　所惧

5 5 3 6· 7 6 5 - | 3 5 6 6 - | 2· 2 2 3 ³5· 6 | 1 - - - |
浩气凛　凛　顶天立地　困难面前头　不低
伤心的时　候　忍着泪　一身正气苍　穹立

1 7· 6 1 5· | 3· 5 6 - | 6· 1 1 6 5 6 | 3 2 2 - - - |
天大的责任　一肩扛　忘了自己喜乐忧伤
再大的委屈　心里藏　员工的利益至高无上

1 7· 6 1 5· | 3 1 1 6 - | 2 2 3 5 0 6 3 6 | 5 - - - |
惦记着工友　苦辣酸辛　你为谁累你为谁想
牵挂着事业　成败兴衰　你为谁累你为谁想

1 7· 6 1 5· | 3 1 1 6· ⌵3 | 2· 2 2 3 5 0 6 2 | 1 - - - ‖
惦记着工友　苦辣酸辛　你为谁辛劳你为谁忙   D.C.
牵挂着事业　成败兴衰　你为谁辛劳你为谁忙

2/4 5· 6 5 3 3 | 4/4 5 6 2 - - | 1 - - - | 1 - 0 0 ‖
为谁辛劳你为　谁　忙

我心依然

心随草浪在风中浩荡,
情伴大雁飞向那远方,
深深的河水轻轻吟唱,
昨天的故事还在心中珍藏。
醉听一曲牧人的歌谣,
浩瀚的星空把心灵涤荡,
醉看一眼妖娆的月光,
举杯笑傲大地苍茫。
醉听一曲牧人的歌谣,
醉看一眼妖娆的月光,
举杯笑傲大地苍茫。
天地草原我心依然!

夕阳染红寂静的山岗,
日升日落把岁月拉长,
曾经的遇见变成爱的守望。
醉听一曲牧人的歌谣,
不变的誓言在风中悲欢,
醉看一眼妖娆的月光,

举杯笑傲大地苍茫。
昨夜的忧伤化作美丽绽放，
醉听一曲牧人的歌谣，
醉看一眼妖娆的月光，
举杯笑傲大地苍茫。
天地草原我心依然！

我心依然

徐怀亮 作词
王晓弘 作曲

1=C 4/4 2/4

真情的独白

`0 0 0 0 3 2 3 ‖: 1· 0 0  0 3 6 3 | 5· 0 0  0 5 3 | 1· 0 0  7 6 3 | 5 — 0 1 6 |`

心　随　　草　浪　　　在　风　　中　浩　荡　　情
夕　阳　　染　红　　　寂　静　　的　山　岗　　日

`6· 0 0  0 6 5 1 | 2· 0 0  1 2 | 5· 0 0  3 6̣ 3 | 2 — — 2 0 3 2 3 | 5 — 0 3 2 3 |`

伴　　　大　雁　　飞　向　　那　远　方　　深　深　的　河
升　　　日　落　　把　岁　　月　拉　长　　烈　酒　　点

`6̣ — 6̣ 1 2 3 | 5 0 6 6 — | 6 5 6 i 6 0 3 | 2 — — 0 2 3 | 5 3· 0 6̣ |`

水　　轻　轻　吟　唱　　昨　天　的　故　　事　　　还在　心中　　珍
燃　　如　梦　的　往　　事　　曾经　的　遇　　见　　　变成　爱的　　守

1.　　　　　　　　　2.
`1 — — 0 3 2 3 :‖ 1 — — 5 6 3 ‖: 2/4 5· 6 5 | 1 6 3 | 2· i | 3 6̇ 2̇ i | 5 — 5 6 i 2 |`

藏　夕　望　醉　　听　一　曲　牧　人的　歌　谣　　浩
　　　　　　　　听　一　曲　牧　人的　歌　谣　　不

`i· 6̇ 5 6 3 | 0 6̣ 1 6 5 3 | 6̣ 5 2 — | 2 5 6 3 | 5· 6 5 | 1 6 3 | 2· i |`

瀚　的　星　空　把　心　灵　涤　荡　醉　看一眼　妖　娆　的
变　的　誓　言　在　风　中　悲　欢　醉　看一眼　妖　娆　的

`6 3 | 2 — | 2 3 |` 1. `5· 3̇ | 2 5 6 3 | i — |`

月　光　　　举　杯　笑　傲　大地苍茫
月　光　天

2.
`i 5 6 3 ‖ 3· i | i 2 6 i 2 | i — | i 0 :‖`

醉　　地　草　原　我　心　依　然

D.S.

我那追风的蒙古马

翻不过的戈壁轻轻一跃,
跨不过的河流一道闪电,
我那追风赶霞的蒙古马,
铁蹄铮铮不畏艰险。
根在草原,胸怀世界,
情在蓝天,梦在天边,
魂守万里绿色边疆。
不达目的绝不罢休,
大地的精灵,燃烧的火焰,
傲骨昂首尽显尊严。

划破长空的一声嘶鸣,
踏破乱石嶙峋的荒原,
我那长鬃飞扬的蒙古马,
万鼓齐鸣一往无前。
根在草原,胸怀世界,
情在蓝天,梦在天边
魂守万里绿色边疆。
不达目的绝不罢休,
大地的精灵,燃烧的火焰,
傲骨昂首尽显尊严。

我那追风的蒙古马

徐怀亮 作词
郭子杰 作曲

1=C 4/4

中速

6· 6 5·6 5 3 | 3 5 6 1 2 3 1 6 | 2 2 1 2 3 5 2 | 3 - - - | 3· 3 2· 3 2 1 |
翻 不 过 的 戈 壁 哟 轻 轻 地 一 跃　　　　　跨 不 过 的
划 过 长 空 的 一 声 哟 一 声 嘶 鸣　　　　　踏 过 乱 石

1 6 1 2 6 1 5 3 | 5 6 1 2 3 1 5 | 6 - - 5 6 | 1 1 2 2 3 5 6 |
河 流　　一 道 闪　　电　 我 那 追 风 赶 霞 的
嶙 峋 的 嶙 峋 的 荒　原　 我 那 长 鬃 飞 扬 的

1· 2 6 5 6　6 1 | 2· 3 5 6 6 5 2 | 3 - - 3 5 | 6· 5 6 3 1 3 | 2· 6 1 2 3 5 |
蒙 古 马 我 那 蒙 古　 马　 铁 蹄 铮 铮 铁 蹄 铮 铮 不
蒙 古 马 我 那 蒙 古　 马　 万 鼓 齐 鸣 万 鼓 齐 鸣 永

6 3 1 1 2 3 1 5 | 6 - - 7 6 | 6 5 3 5 6 | 3 2 | 2 1 6 1 2 | 1 2 2 |
怕　 艰　 险　 根 在 草　 原 心 在 草 原 魂 守
往　 直　 前　 根 在 草　 原 心 在 草 原 大 地 的

3 3 5 5 5 2 3 5 | 3 - - 2 2 | 2 1 2 3 2 | 1 1 | 1 2 3· 2 1 | 6 | 5 - - 3 5 |
边 疆 志 向 永 不 变　情 在 蓝　 天 梦 在　 天　 边　 傲 骨
精 灵 燃 烧 的 火　 焰　情 在 蓝　 天 梦 在　 天　 边　 傲 骨

6· 5 6 3 1 3 | 2· 1 2 6 | 2 3 | 5· 3 5 6 7 | 6 - - - ‖
昂　 首 傲 骨 昂　 首 啊 尽 显 尊　 严
昂　 首 傲 骨 昂　 首 啊

2.
5· 3 5 6 | 7 - 5 6 3 - | 6 - - - | 6 0 0 0 ‖
尽 显 尊　　　　　　严

我是辛勤物业人

你用平凡绽放激情，
我用双手装扮美景，
你用笑脸奉献真情，
我用艰辛守护宁静。
不要问我你是谁，
我是默默无闻物业人，
为了业主满意的笑容，
为了家园绿树成荫。

你用平淡装点人生，
我用汗水赢来洁净，
你用真诚感动百姓，
我用勤劳换来温馨。
不要问你为了谁，
我是勤劳的物业人，
为了一方亮丽的风景，
为了和谐幸福永恒。

我是辛勤物业人

徐怀亮 何子斌 作词
贺继成 作曲

1=♭E 2/4
抒情 激昂地 ♩=65

无怨无悔

高山留下你的汗水,
风雨留下你的无畏,
沧海留下你的风采,
荒原留下你的足迹。
人生长长一条路,
不畏平坦与曲折,
都说万丈红尘三杯酒,
人间正道彩云飞。
都说万丈红尘三杯酒,
莫让年华蹉跎东流水,
七尺男儿顶天立地,
圆梦中国无怨无悔。

担当留下忠诚的记忆,
执着留下奋进的传奇,
责任留下赤子的情怀,
勤劳留下生活的甜美。
岁月悠悠一首歌,
不畏辛酸与悲喜,

莫让年华蹉跎东流水，
圆梦中国无怨无悔。
都说万丈红尘三杯酒，
莫让年华蹉跎东流水，
七尺男儿顶天立地，
圆梦中国无怨无悔。

无怨无悔

徐怀亮 作词
周凯强 作曲

1=F 4/4

(5 3 6 5 1 6 3 2 | 5 - - 5 6 1 2 ‖ 3· 2 2 1 6 1 3 | 5 - - 6 1 | 2· 1 6 5 5 6 3 |

2 - - - | 3· 5 2 3 5 - | 3 1 7 6 6 1 | 2 2 3 2 5 6 | 1 - - -) | 5 5 6 3 5 - |
　　高 山 留　下
　　担 当 留　下

2 3 2 6 5 - | 5· 5 6 5 3 1 | 6 5 | 2 - - - | 3 5 6 3 5 - |
你 的 汗　水　　风 雨 留 下 你 的　无　畏　　沧 海 留　下
忠 诚 的 记　忆　　　　　　 3 3 5 1 6 5
　　　　　　　　　执 着 留 下 奋 进 的 传　奇　　责 任 留　下

3 1 | 2 3 6 - | 2· 2 2 3 5 5 | 2 3 | 1 - - 1 2 | 3· 2 3· 5 6 3 | 5 - - - |
你 的 风 采　 荒 原 留 下 你 的　足　迹　人 生 长 长 一 条　路
　　　　　　　　　　　　　　　　　　　　　　　　　美　岁 月 悠 悠 一 首　歌
3 1 1　　　　　3 5 5 2 3
赤 子 的 情 怀　勤 劳 留 下 生 活 的 甜

3· 3 1 7 5 5 6 3 | 2 - - 1 2 | 3· 2 2 3 5 - | 3 1 7 6 - | 6· 6 6 5 3 7 6 |
不 畏 平 坦 与 曲　折　都 说 万 丈 红 尘　三　杯 酒　人 间 正 道 彩 云
不 畏 辛 酸 与 悲　喜　莫 让 年 华 蹉 跎　东　流 水　圆 梦 中 国 无 怨 无

5 - - 5 6 | 2 3 2 2 1 6 3 | 5 - - 6 1 | 1 2 1 6 5 5 6 3 | 2 - - - |
飞　　都 说 万　丈 红 尘 三 杯 酒　莫 让 年　华 蹉 跎 东 流　水
悔

3· 5 2 3 5 - | 3 1 7 6 - | 6· 6 6 5 6 1 | 6 1 | 2 - - - | 5 5 3 2 5 6 |
七 尺 男 儿　 顶 天 立 地　圆 梦 中 国 无 怨 无　悔　　　　 无 怨 无

|1.　　　|2.　　　　|3.
6 1 - - - ‖ 1 - - 5 6 | 1 - - - | 0 5 6 1 2 3 | 3 - - - | 1 - - - | 1 0 0 0 ‖
悔　　　　悔 都 说　 悔　　　　 无 怨 无　　　悔

无上荣光

曾经梦想飞上蓝天,
飞上蓝天自由翱翔。
曾经梦想走进大海,
走进大海碧波踏浪。
多少梦想随风远逝,
今天走进深深的煤巷。
诚实劳动勇敢坚强,
万家灯火有我汗水闪光,
采煤工人无上荣光,
梦圆中国,奉献小康。

曾经向往跃马疆场,
跃马疆场兴国安邦。
曾经向往走上舞台,
走上舞台纵情歌唱。
多少向往随风远逝,
今天走进深深的煤巷。
默默无闻挺直脊梁,
百姓温暖有我汗水的芳香,
采煤工人无上荣光,
梦圆中国,奉献小康。

无上荣光

徐怀亮 作词
张明怀 作曲

1=D 4/4

进行速度 自豪昂扬地

5·5 3 1 | 3·3 5 6 5 — | 6·6 6 6 5·5 5 1 | 2·2 2 3 2 — |
曾 经 梦 想 飞 向 蓝 天 飞 向 蓝 天 自 由 翱 翔 自 由 翱 翔
曾 经 向 往 跃 马 疆 场 跃 马 疆 场 兴 国 安 邦 兴 国 安 邦

5·5 3 1 | 3·3 5 6 6 — | 1·1 1 5 6·6 5 4 | 3·3 2 1 1 — |
曾 经 梦 想 走 进 大 海 走 进 大 海 碧 波 踏 浪 碧 波 踏 浪
曾 经 向 往 走 上 舞 台 走 上 舞 台 纵 情 歌 唱 纵 情 歌 唱

美好抒情地

3·3 5 1 | 6 — — — | 2·2 6 1 | 2 — — — |
多 少 梦 想 随 风 远 航
多 少 向 往 随 风 远 航

4·4 4 5 | 6 — — — | 7·7 7 6 2 | 5 — — — |
今 日 走 进 深 深 的 煤 巷
今 日 走 进 深 深 的 煤 巷

※ 坚定有力地

1 — 1 — | 6 4 5 6 — | 2 2 6 7 7 | 5 — — — |
诚 实 劳 动 勇 敢 坚 强
默 默 无 闻 挺 直 脊 梁

6·6 5 4 | 3 5 6 2 — | 5 5 6 3 1 | 2 — — — |
万 家 灯 火 有 我 汗 水 在 闪 光
百 姓 温 暖 有 我 汗 水 的 芳 香

1 — 1 — | 6 4 5 6 — | 7 7 7 1 | 2 — — — |
煤 矿 工 人 无 上 荣 光
煤 矿 工 人 无 上 荣 光

1.2.

1 1 5 3 | 6·6 5 6 2 — | 5 5 6 7 2 | 1 — — — :‖
梦 圆 中 国 奉 献 小 康 奉 献 小 康
梦 圆 中 国 奉 献 小 康

D.S.

结束句

1 — — — | 5 5 6 2 3 | 1 — — — | 1 0 0 0 ‖
康 奉 献 小 康

梧桐树与金凤凰

这里没有洞天福地，
这里不是世外桃源，
这里头顶蔚蓝的天，
这里清风拂脸面。
绿水青山醉心田，
金山银山百花鲜艳。
栽下梧桐树，迎来金凤凰，
落地扎深根，美丽地遇见。
我是梧桐树，你是金凤凰，
红红火火来一场幸福之恋。

这里没有海市蜃楼，
这里不是童话世界，
这片土地古道热肠，
这里民风淳朴和谐。
一言九鼎信守诺言，
风清气正法治如天。
栽下梧桐树，迎来金凤凰，
落地扎深根，美丽地遇见。
我是梧桐树，你是金凤凰，
红红火火来一场幸福之恋。

梧桐树与金凤凰

徐怀亮 作词
周凯强 作曲

1=♭E 2/4

热情地 ♩=75

(3· 23 | 6· 16 | 16 123 | 2 - | 5· 356 | 32 5 | 6 - | 6 -)

3 6 6 3 | 21 23 | 6 - | 6 - | 6 1 2 1 | 62 56 | 3 - | 3 - |
这里没有洞天福　地　　　这里不是世外桃　源
这里没有海市蜃　楼　　　这里不是童话世　界

3· 23 | 6· 16 | 61 23 | 2 - | 2· 1 23 | 53 | 23 | 6 - | 6 - |
这里头顶蔚蓝的天　　　这里清风拂脸　面
这片土地古道热　肠　　　这里民风淳朴和　谐

【1.】
2· 6 | 2 3 | 6 56 | 3 - | 5· 335 | 23 | 1 6 - | 6 - ‖
绿水青山醉心　田　　　金山银山百花鲜艳
一言九鼎信守诺言

【2.3.】
5· 356 | 23 1 | 6 - | 6 - | 6 3 | 23 1 | 23 52 1 | 6 - |
风清气正法治如天　　　栽下梧桐树迎来金凤凰

6 2 | 1 23 2 | 56 75 | 3 - | 6 3 | 23 2 | 1· 6 123 | 2 - |
落地扎深根美丽地遇见　我是梧桐树你是金凤凰

5· 553 | 56 2 | 2 52 1 | 6 - ‖ 6 3 | 23 1 | 23 52 1 | 6 - |
红红火火来一场幸福之恋　D.C. 栽下梧桐树迎来金凤凰

6 2 | 1 23 2 | 56 75 | 3 - | 6 3 | 23 2 | 1· 6 123 | 2 - |
落地扎深根美丽地遇见　我是梧桐树你是金凤凰

5· 553 | 56 2 | 2 52 1 | 6 - | 5· 553 | 56 2 | 2 3· | 3 - |
红红火火来一场幸福之恋　红红火火来一场幸福

3 12 1 | 6 - | 6 - | 6 0 ‖
之恋

相聚伊金霍洛

亲吻你的花香醉人,
拥抱你的绿树成荫,
天骄圣地凝聚激情,
感动了古老的天空。
聆听这百鸟飞歌,
聆听这天籁之音,
相聚伊金霍洛,
分享天朗气清,
欢乐留在心中,
一路踏歌幸福人生。

感受你的月色如银,
牵手你的篝火霓虹,
哈达传情美酒甘醇,
沉醉了如画的风景。
放飞最美民族风,
放飞你我好心情,
相聚伊金霍洛,
沐浴万朵祥云。

情深意长草原情,
守望相助一路好运,
放飞最美民族风,
放飞你我好心情,
相聚伊金霍洛,
沐浴万朵祥云。
情深意长草原情,
守望相助一路好运。

相聚伊金霍洛

1=D 4/4 2/4

徐怀亮 作词
石焱 作曲

亲吻 你的 花香醉 人 拥抱你的 绿树成 荫 天
你的 月色如 银 牵手你的 篝火霓 虹 哈

骄 圣地 凝聚激 情 感动了古老的天 空 聆
达 传情 美酒甘 醇 沉醉了如画的风 景 放

1.
听 这百鸟飞 歌 聆 听这天籁之 音 相聚伊金霍洛

分享天朗气 清 欢乐留在心中一 路踏 歌 幸福人生

1=A   2.
感受 飞 最美 民族
风 放飞你我好心 情 相聚伊金霍洛 沐浴万朵 祥云

情深意长草原 情 守望相助 一 路好 运 放
D.C.

rit.
运 相 聚伊金霍 洛

相聚在诗情画意的地方

冰雪与星光点亮梦想，
平仄铿锵把激情绽放，
歌舞哈达连起四海友谊，
诗情画意里相聚总是难忘。
诗意沸腾，心向远方，
邂逅在马兰花盛开的地方，
诗花怒放，青春阳光，
这里扬眉吐气、温暖吉祥，
诗语绵绵，情深意长，
诗情画意里欢聚永远难忘。

萨拉乌苏穿越不老的时光，
文脉滔滔如黄河波浪，
一代天骄依然跃马北望，
忘不了秦直道千古苍茫。
诗意沸腾，心向远方，
邂逅在马兰花盛开的地方，
诗花怒放，青春阳光，
这里扬眉吐气、温暖吉祥，
诗语绵绵，情深意长，
诗情画意里欢聚永远难忘。

相聚在诗情画意的地方

徐怀亮 作词
周凯强 作曲

1=♭E或F 2/4

热情 奔放地 ♩=66

‖:(3 2 1 i̇ | i̇ - | 2̇ i̇ 6·3 5 - | i̇ 6 5 6 5 3 | 2 5 2 2 3 | 1 - | 1 -)

5̣ 6̣ 1 5 | 3 2·3 | 1 5̣· | 5̣ - | 5̣ 6̣ 1 5 | 3·3 5 1 | 3 2· | 2 - | 1 2 3 i̇ |
冰雪与星 光点亮梦想　　　平仄铿 锵把激情 绽放　　歌舞哈

6·5 3 5 3 | 2 3 6̣ - | 5̣ 6̣ 1 6 5 3· | 3 5 1·6̣ | 1 2· | 2 - | 5̣ 6̣ 1 5 |
达 连起四海友 谊 诗情画 意里 相聚总是 难忘　　萨拉乌苏

3 1 2 2 3 | 1 5̣· | 5̣ - | 5̣ 6̣ 1 5 | 3·3 5 1 | 3 2· | 2 - | 1 2 3 i̇ | 6·5 3 |
穿越不老的时光　　　文脉滔 滔如黄河波浪　　一代天 骄依然

5 3 | 2 3 6̣ - | 5̣ 6̣ 1 6 5 3 | 2 5 2 2 3 | 1 - | 1 - | 3 1 3 | 5 - |
跃马北望　忘 不了秦直道 千古苍 茫　　　诗意沸 腾

6 i̇ 6 5 - | 6 i̇ 6 2̇ i̇ 6 | 5 1 1 3 5 | 2 - | 3 1 3 | 5 - | i̇ 2̇ 3̇ |
心 向远方　邂逅在马兰花 盛开的地 方　诗花怒 放　青春阳

1.　　　　　2.　　　　　　　1=F

6 - | i̇ 6 6 5 | 6 5 3 | 2 5 2 2 3 | 1 - :‖ 1 - | 1 - | 3 1 3 | 5 - |
光　这里扬眉吐 气 温暖吉 祥　　　　　祥　　　　诗意沸 腾

6 i̇ 6 5 - | 6 i̇ 6 2̇ i̇ 6 | 5 1 1 3 5 | 2 - | 3 1 3 | 5 - | i̇ 2̇ 3̇ |
心 向远方　邂逅在马兰花 盛开的地 方　诗花怒 放　青春阳

6 - | i̇ 6 6 5 | 6 5 3 | 2 5 2 2 3 | 1 - | 3 1 3 | 5 - | i̇ 2̇ 3̇ | 6 - |
光　这里扬眉吐 气 温暖吉 祥　诗语绵 绵　情深意 长

i̇ 6 6 5 5 | 6 5 3 | 5 2 2 | 2̇ - | 2 2·i̇ | i̇ - | i̇ - | i̇ 0 ‖
诗情画意里 欢 聚永远　　难 忘

相逢东胜

曾经相逢在东胜，
就像一场不期而遇的风。
风中的《森吉德玛》，
唱出多少美丽风韵。
一回眸，一转身，
灯前人语独有情钟。
东胜东胜，北方小城，
午夜歌声曼舞着青春，
森吉德玛美的化身，
你的故事依然年轻。

曾经相逢在东胜，
就像一场不期而遇的风。
风中诉说那美的化身，
你是昨天故乡人。
一首歌，一世情，
情到深处无法转身。
东胜东胜，北方小城，
午夜歌声曼舞着青春，
森吉德玛美的化身，
你的故事依然年轻。

相逢东胜

徐怀亮 作词
周凯强 作曲

1=D $\frac{6}{8}$

♩ = 85

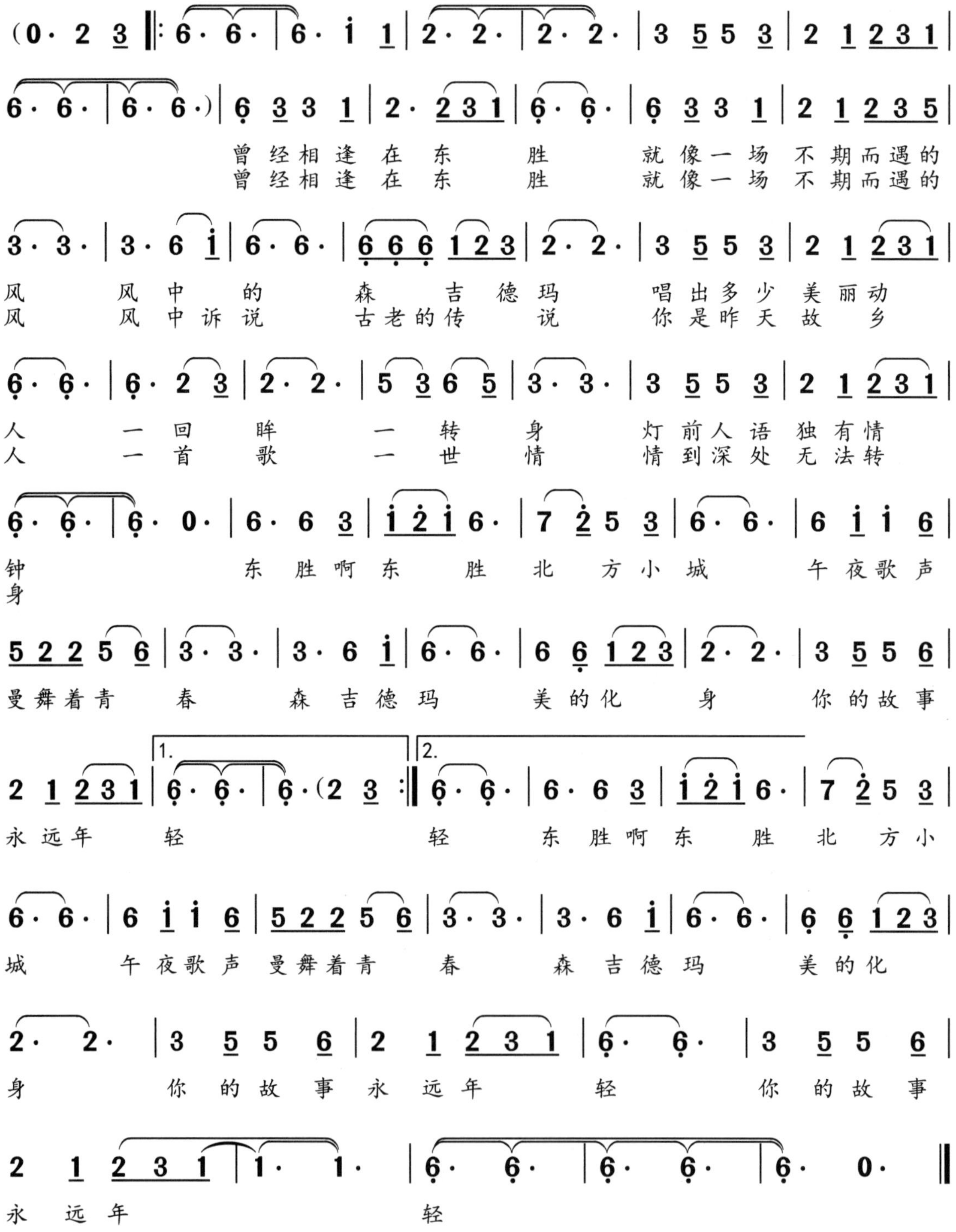

曾经相逢在东胜 就像一场不期而遇的
曾经相逢在东胜 就像一场不期而遇的
风 风中的 森吉德玛 唱出多少美丽动
风 风中诉说 古老的传说 你是昨天故乡
人 一回眸 一转身 灯前人语独有情
人 一首歌 一世情 情到深处无法转
钟
身
东胜啊东胜北方小城 午夜歌声
曼舞着青春 森吉德玛 美的化身 你的故事
永远年轻 轻 东胜啊东胜北方小
城 午夜歌声曼舞着青春 森吉德玛 美的化
身 你的故事永远年轻 你的故事
永远年 轻

相恋鄂尔多斯

彩云淡淡飘,
暖风拂柳梢,
风光多美好,
心儿轻轻跳,
这是在哪里?
美丽又富饶。

绿树村边绕,
青山遍地宝,
天鹅湖里游,
碧水鱼儿跳,
这是鄂尔多斯哟,
幸福又自豪!

听到你的笑,
激情在燃烧,
这方碧绿永远的骄傲,
这片蔚蓝是爱的回报,
美丽鄂尔多斯哟,

奋斗在你怀抱,
富饶鄂尔多斯哟,
最是人间月圆花好。

听着你的歌,
心潮逐浪高,
这份纯净幸福美好,
这块热土山欢水笑,
美丽鄂尔多斯哟,
温暖在你怀抱,
灿烂鄂尔多斯哟,
相恋千年青春不老。

相恋鄂尔多斯

徐怀亮 作词
周凯强 作曲

1=C转♭E 2/4

赞美地 ♩=62

彩云淡淡飘　暖风拂柳梢　风光多美好　心儿轻轻跳

这是在哪里　美丽又富饶

绿树村边绕　青山遍地宝　天鹅湖里游　碧水鱼儿跳

这是鄂尔多斯哟　幸福又自豪

(转♭E 前1=后6)

听到你的笑　激情在燃烧　这方碧绿永远的骄傲
听着你的歌　心潮逐浪高　这份纯净幸福美好

这片蔚蓝是爱的回报　美丽的鄂尔多斯哟
这块热土山欢水笑　美丽的鄂尔多斯哟

奋斗在你怀抱　富饶的鄂尔多斯
温暖在你怀抱　灿烂的鄂尔多斯

1. 最是人间月圆花好　青春不老
2. 相恋千年

D.C. 这是鄂尔多斯哟　幸福又自豪

相约三月

我们相约在阳春三月，
风华正茂，志存高远。
我们踏着铿锵的节拍，
组成英才荟萃的班级。
追求真理，增长才干，
永不自满，加油充电。
牢记嘱托，不忘初心，
鲜红的党旗是力量的源泉。

我们相约在阳春三月，
朝气蓬勃，一往无前。
我们挥洒激情和豪迈，
我们是团结向上的班级。
放飞梦想，携手并肩，
勇于担当，终身奉献。
人民期待永记心间，
国家的富强是永恒的信念。

相约三月

徐怀亮 作词
贺继成 作曲

幸福了咱老百姓

多少年的期待今天走进,
多少年的梦想今天成真,
告别昨天的黄土屋,
红砖绿瓦绘美景,
白云朵朵树成荫,
莺歌燕舞满园春,
民心工程暖人心,
美丽了咱们的新农村。
民心工程暖人心,
幸福了咱们老百姓。
党的恩情唱不尽,
同心共圆中国梦。

多少年的期盼添锦绣,
多少年的梦幻土变金,
扔掉祖辈的挑水桶,
清泉哗哗进家门,
书声琅琅歌如潮,
瓜果飘香洒甘霖,

民心工程暖人心,
幸福了咱们老百姓。
民心工程暖人心,
幸福了咱们老百姓。
党的恩情唱不尽,
同心共圆中国梦。

幸福了咱老百姓

1=G 2/4

徐怀亮 作词
周凯强 作曲

（前奏略）

多少年的期待今天走进
多少年的期盼添锦绣

多少年的梦想今天成真 告别昨天的黄土屋
多少年的梦幻土变金 扔掉祖辈的挑水桶

红砖绿瓦绘美景 白云朵朵树成荫 莺歌燕舞满园春
清泉哗哗进家门 书声琅琅歌如潮 瓜果飘香洒甘露

民心工程暖人心 美丽了咱们的新农村 啊
民心工程暖人心 幸福了咱们的老百姓 啊

美丽了咱们的新农村 民心工程暖人心
幸福了咱们的老百姓

幸福了咱们老百姓 党的恩情唱不尽

同心共圆中国梦

$$2\cdot \underline{5}\ \underline{5\ \underline{2\ 3}}\ |\ \underline{2\ \underline{6}}\ \underline{1\ 2}\ |\ \underline{5}\ -\ |\ \underline{5}\ - :\|\ \underline{5\cdot\underline{6}}\ \underline{5\ 2}\ |\ 5\ \underline{2\ \underline{1\ 2}}\ |\ \dot{1}\ -\ |\ \dot{1}\ -\ |$$

民 心 工 程 暖 人 心

$$\underline{6\ \dot{2}}\ \underline{\dot{2}\ \dot{1}}\ |\ \underline{\dot{1}\ 6}\ \underline{1\ 2}\ |\ 5\ -\ |\ 5\ \underline{4\ 5}\ |\ 6\cdot\underline{\dot{1}}\ |\ \underline{6\ 5}\ \underline{6\ 4\ 3}\ |\ 2\ -\ |\ 2\ -\ |$$

幸福了咱们 老 百 姓 党 的 恩 情 唱 不 尽

$$2\cdot\underline{5}\ \underline{5\ \underline{2\ 3}}\ |\ \underline{2\ \underline{6}}\ \underline{1\ 2}\ |\ 5\ -\ |\ 5\ -\ |\ \underline{6\cdot\underline{6}}\ \underline{4\ 5}\ |\ 6\ \dot{2}\ |\ \dot{2}\ -\ |\ \dot{2}\ -\ |$$

同 心 共 圆 中 国 梦 同 心 共 圆 中 国

$$5\ -\ |\ 5\ -\ |\ 5\ 0\ \|$$

梦

幸福了咱老百姓

徐怀亮 作词
凉月 作曲

1=♭E 3/4
♩= 136

6̣ 6̣3 33 | 5 6 3 | 1 13 1 | 6̣ - - | 6̣ 6̣2 22 | 2 3 6̣ | 1 6̣5 2 |
多少 年的期 待 今天 走 进 多少 年的梦 想 今天 成
多少 年的期 盼 锦 绣 多少 年的梦 幻 成

3 - - | 3 37 7 | 7 6 5 | 5 6 12 | 2 - - | 3 5 0 | 56 2 0 | 3 5 1 |
真 告别昨 天 的黄 土 屋 红 砖 绿 瓦 绘 美
金 扔掉祖 辈 的挑 水 桶 清 泉 哗 哗 进 家
添土

6 - - | 3 5 6i | 6 - - | 7· 5 56 | 6 - - | i i 6 | 5 6 3 | 1 6̣ 65 |
景 白云朵 朵 树 成 荫 莺歌 燕舞 满 园
门 书声琅 琅 歌 成 潮 瓜果 飘香 洒 甘

3 - - | 3 5 6i | 2 - - | 3 5 12 | 2 - - | 1 1 2 | 3 5 3 | 2· i 56 |
春 民心工 程 暖 人 心 美丽 了咱们的 新 农
霖 民心工 程 暖 人 心 幸福 了咱们的 老 百

6 - - | 6 - - | 6 - - | 6 - - | 6 3 i2 | 2 - - | 2 3 i | i 6 6 - |
村
姓   民 心 工 程 暖 人 心

i i i2 | i i 6 | 5 6 i5 | 5 3 3 - | 3 5 6i | 6 - - | i 6 i2 |
幸福 了 咱们的 老 百 姓 党的 恩 情 唱 不

2̇ - - | 3 3 0 | 2 3 i 0 | 5· 6 2i | i 6 6 - | 6 - - | 6 - - | 6 0 0 ‖
尽 同心 共圆 中 国 梦
D.C.

幸福了咱老百姓

徐怀亮 作词
新吉乐图 作曲

1=F 2/4
♩=92

‖: 5 2 5 | 1 6 5 5 | 1 1 6 1 | 2 - | 5 2 5 |
多   少   期   待   今 天 走 进   多   少
多   年   期   盼   除 旧 迎 新   多   年

1 6 5 5 | 2 2 2 6 5 | 5 - | 1 1 1 6 | 1 1 2 |
梦   想   今 天 成 真   告 别 黄 土 屋 红 砖
期   盼   除 旧 迎 新   扔 掉 挑 水 桶 清 泉

5 2 2 1 | 2 - | 5 5 5 2 | 2 6 5 | 2 2 2 2 1 1 |
绿 瓦 绘 美 景   莺 歌 燕 舞 满 园 春 看 看 咱 美 丽 的
哗 哗 进 家 门   瓜 果 飘 香 洒 甘 霖 幸 福 了 咱 们 的

2 1 6 | 5 - | 5 - :‖ 1 1 1 6 | 5 5 6 |
新 农 村   民 心 工 程
老 百 姓

2 1 6 | 5 - | 4 4 4 4 5 | 6 6 2 | 1 6 5 3 |
暖 人 心   幸 福 了 咱 们 老 百 姓 老 百

2 - | 1 1 1 6 | 5 5 6 | 2 1 6 | 5 - |
姓   党 的 恩 情   唱 不 尽

1.
| 4 4 4 5 | 6 6 2 | 2 1 6 | 5 - | 5 - ‖
同 心 共 圆 中 国 梦 中 国 梦
D.S.

2.
| 4 4 4 5 | 6 6 2 | 2 1 6 | 5 - | 5 - ‖
同 心 共 圆 中 国 梦 中 国 梦

幸福生活再起航

我抬头，望故乡，
天蓝地绿五谷香。
多年的山路成大道，
鱼虾戏水浪花闪闪亮，
炊烟袅袅乡情滚烫，
欢歌笑语幸福流淌。
挺起胸膛喊太阳，
中国饭碗咱自己端，
甩开膀子向前闯，
美好生活再起航。

我抬头，放眼望，
遍地花开雁飞翔。
水灵灵的瓜果云端里走，
互联网融通百业兴旺，
麦浪滚滚大国粮仓，
美丽乡村中国形象。
挺起胸膛喊太阳，
中国饭碗咱自己端，
甩开膀子向前闯，
美好生活再起航。

幸福生活再起航

徐怀亮 作词
周凯强 作曲

1=G 2/4

♩ = 65

1 2 | 3 · 1 | 2 3 6 | 5 — | 5 1 2 | 3 · 1 | 2 3 i |

6 — | 6 — ‖: 5 · 3 | 5 i | 2 · i | 6 — | 0 5 6 i |

3 2 | 1 — | 1 — | 1 — | 1 — | 0 5 6 5 | 3 — |
　　　　　　　　　　　　　　　　　　　　我 抬 头

0 2 3 1 | 5 — | 0 5 6 5 | 3 6 3 | 2 — | 2 — | 0 3 5 3 |
望 故 乡　　　　天 蓝 地 绿 五 谷 香　　　　　　多 年 的

6 5 6 5 | 3 2 1 | 6 — | 5 · 6 1 6 | 3 2 · | 6 5 1 | 2 — |
山 路 成 大 道　　鱼 虾 戏 水 浪 花 闪 闪 亮

2 — | 3 5 3 | 6 5 6 5 | 3 2 2 5 | 6 — | 6 · 1 1 6 | 6 5 1 |
炊 烟 袅 袅 乡 情 滚 烫　　欢 歌 笑 语 幸 福 流

2 — | 2 — | 0 5 6 5 | 3 — | 0 2 3 1 | 5 — | 0 5 6 5 |
淌　　　　我 抬 头　　　放 眼 望　　　遍 地 花

3 6 3 | 2 — | 2 — | 3 5 5 · 3 | 6 5 6 5 | 3 2 2 1 | 6 — |
开 雁 飞 翔　　　水 灵 灵 的 瓜 果 云 端 里 走

0 5 6 1 | 3 2 · | 6 5 1 | 2 — | 2 — | 3 5 3 | 6 5 6 5 |
互 联 网 融 通 百 业 兴 旺　　麦 浪 滚 滚

♩ = 88

3 2 2 5 | 6 — | 0 5 6 1 | 3 2 · | 2 · 1 2 6 | 5 — |
大 国 粮 仓　　美 丽 乡 村 中 国 形 象

| 5 - | 5 - | 5 55 | 1· 5 | 2 1 2 | 5 - | 5 33 |

挺起 胸 膛 喊 太 阳 中国

| 1 1· 2 1 3 | 5 - | 5 - | 3· 2 3 | 5 - | 5 3 1 2 |

饭 碗 咱 自 己 端 甩开 膀 子 向 前

| 6 - | 6· 5 6 5 | 6 1 | 2 - | 2 56 | 1 - | 1 - |

闯 美 好 生 活 再 起 航 起 航

♩ = 65

| 0 1 2 3 | 5 - | 0 1 2 3 | 6 - | 0 1 2 3 | 5· 3 | 2 - |

2.

| 2 - ‖ 2 - | 2 55 | 1· 5 | 2 1 2 | 5 - | 5 33 |

航 D.S. 挺起 胸 膛 喊 太 阳 中国

| 1 1· 2 1 3 | 5 - | 5 - | 3· 2 3 | 5 - | 5 3 1 2 |

饭 碗 咱 自 己 端 甩开 膀 子 向 前

| 6 - | 6· 5 6 5 | 6 1 | 2 - | 2 - | 2 - | 2 - |

闯 美 好 生 活 再 起 航

| 2 0 | 5 6 | 1 - | 1 - | 1 - | 1 - | 1 0 ‖

起 航

幸福家园添尔漫梁

曾经那座老油坊,
贫穷的记忆那么长。
如今咱山沟沟大变样,
新产业带来了新气象,
新时代农村人气旺,
绿富同兴心向党。
幸福家园添尔漫梁,
天蓝地绿好风光。
乡情乡味还是那样浓,
乡村振兴洒满阳光。

今天再把大磨盘望,
富起来的甜美挂脸上。
撸起袖子闯市场,
好时代带来好风尚,
好政策滋润农业强,
鼓足干劲有力量。
幸福家园添尔漫梁,
天蓝地绿好风光。
乡情乡味还是那样浓,
乡村振兴洒满阳光。

幸福家园添尔漫梁

徐怀亮 王鹏 作词
周凯强 作曲

1=C 2/4

♩=85

(6·3 63 | 2·3 12 | 6 - | i·6 6256 | 3 - | 3 - | 3·6 6i | 6 - |
i·6 i23 | 2 - | 5·6 53 | 56 23 i | 6 - | 6 -) | 3·6 6i | 53 23 | i 6·

曾经那座老 油 坊
今天再把大 磨盘望

6 - | 2i i3 | 653 | i665 | 3 - | 3 - | 535 | 2765 | 636 | 2 -

贫穷的记忆那么长　　如今咱山沟沟大变样
富起来的甜美挂脸上　　撸起袖子闯市场

1.
53 336 | 2·3 13 | i6· | 6 - | 2 i6 | 23 | 6·i 56 | 3 - | 5·3 36

新产业带来新气 象　　新时代农村人气旺　绿富同兴
好时代带来好风尚　　好政策滋润农业强

2.3.
23 i | 6 - | 6 - ‖ 5·3 56 | 23 i | 6 - | 6 - | 63 | 232i | 2·3 5i

心 向党　　鼓足干劲有 力量　　幸福家 园添尔漫

6 - | 2i 3 | 653 | i665 | 3 - | 635 | 6·i 6 | i·i 63 | 2 -

梁　天蓝 地绿好风光　乡情乡味还是那样浓

5·3 56 | 2·3 5i | 6 - | 6 - ‖ 63 | 232i | 2·3 5i | 6 - | 2i 3

乡村振兴洒满阳 光　　D.C.　幸福家 园添尔漫 梁　天蓝

653 | i665 | 3 - | 635 | 6·i 6 | i·i 63 | 2 - | 5·3 56 | 2·3 5i

地绿好风光　乡情乡味还是那样浓　乡村振兴洒满阳

2.
6 - | 6 - | 5·6 53 | 56 | 3 - | 3 - | 3 - | 3 - | 6 - | 6 - | 6 0 ‖

光　　乡村振兴洒满 阳　　　　　　　光

希望与栋梁

美丽的校园书声琅琅,
我们在三小愉快地歌唱,
好好学习,天天向上,
热爱祖国,自立自强。
今天你是我的骄傲,
明天我是你的荣光。
今天洒下爱的希望,
明天喜看无数栋梁。

美丽的校园洒满阳光,
我们在三小快乐地工作,
教书育人,桃李芬芳,
立德树人,放飞梦想。
今天你是我的骄傲,
明天我是你的荣光。
今天洒下爱的希望,
明天喜看无数栋梁。

希望与栋梁

$$\begin{bmatrix} 7- & | \dot{1}- & | \dot{1}- & 6\dot{1} & | \dot{1}- & | \dot{2}\cdot\underline{\dot{2}} & \dot{1}\,\dot{2} & | 7- & | 7- & | \dot{1}- & | \dot{1}- & 6\dot{1} & | \dot{1}- & | \\ 5- & | 6- & | 6- & 4\,6 & | 6- & | 7\cdot\underline{7} & 6\,7 & | 5- & | 5- & | 6- & | 6- & 4\,6 & | 6- & | \end{bmatrix}$$

明　天　我是　你的荣　光　今　天　洒下
明　天　我是　你的荣　光　今　天　洒下

$$\begin{bmatrix} \dot{1}\cdot\underline{7} & | \dot{1}\,\dot{2} & | 5- & | 5- & | 4\cdot\underline{5} & 6\,\dot{1} & | 7\cdot\underline{\dot{2}} & 6\,5 & | 3- & | \\ 5\cdot\underline{5} & | 5\,6 & | 3- & | 3- & | 2\cdot\underline{3} & 4\,6 & | 5\cdot\underline{5} & 2\,3 & | 1- & | \end{bmatrix}$$

爱　的希　望　明　天喜看　无数栋　梁
爱　的希　望　明　天喜看　无数栋　梁

$$\begin{bmatrix} 3- & | 4\cdot\underline{5} & | 6\,\dot{1} & | 7\cdot\underline{7} & 6\,7 & | \dot{1}- & | \dot{1}- & | \dot{1}\,0 & \| \\ 1- & | 2\cdot\underline{3} & | 4\,6 & | 5\cdot\underline{5} & 6\,5 & | 5- & | 5- & | 5- & \| \end{bmatrix}$$

明　天喜看　无数栋　梁
明　天喜看　无数栋　梁

喜气洋洋

牵一缕乡愁把你眺望,
晚风送来五谷清香,
曾经的小路成大道,
鱼虾戏水波光闪闪亮,
炊烟萦绕着童年的向往,
天蓝地绿是最美的底色,
乡情乡味依然那样滚烫,
梦中的家园一派好风光。
好政策滋润农业强,
新征程乡村人气儿旺,
鼓足干劲儿大步走,
美丽乡村到处喜气洋洋。

抒一腔豪情把你凝望,
陌上花开歌声悠扬,
水灵灵的瓜果云端里走,
互联网融通百业兴旺,
新产业带来了新气象,
好时代带来好风尚,

农民兄弟心气儿壮，
富起来的甜美挂在脸上。
好政策滋润农业强，
新征程乡村人气儿旺，
鼓足干劲儿大步走，
美丽乡村到处喜气洋洋。

喜气洋洋

徐怀亮 作词
凉月 作曲

1=E 4/4
♩=125

5 3 3 3 5 3· | 4 3 2 1 1 0 | 5 2 2 2 4 3 2 1 | 4 3 1 2 — |
牵 一缕乡愁 把你眺望 晚风送来五谷清香 五谷清香

1 6 6 6 1 6· | 6 4 4 6 5 3 3 | 2 3 4 6 5 3 0 | 2 1 7 2 1 0 |
曾 经的小路 成大 道（喂）鱼虾戏水波光 闪 闪 亮

1=G
1 1 7 6 7 1 3 | 2 7 5 7 6 — | 1 1 7 6 7 1 3 | 6 5 4 5 3 — |
炊 烟萦绕着童年的向往 天蓝 地 绿是 最美的底色

2 3 4 3 4 6 | 3 2 1 2 3 — | 1=E 4 5 6 4 5 6 7 | 6 7 1 2 1 0 5 |
乡情乡味依然 那样滚 烫 梦 中的家 园 一派好风光 啊

‖: 3 2 1 1 5 5 | 3 2 1 1 5 5 | 6 7 1 6 5 1 3 | 2 1 7 1 2 0 5 |
好 政策滋润 农业 强（喂）新 征程乡 村 人 气儿旺 啊

间奏略

3 2 1 1 5 5 | 3 2 1 1 5 5 | 6 7 1 6 5 1 3 | 2 1 7 2 1 — |
鼓 足 干 劲儿大步 走（喂）美丽乡村到 处 喜气洋 洋

5 3 3 3 5 3· | 4 3 2 1 1 0 | 5 2 2 2 4 3 2 1 | 4 3 1 2 — |
抒 一腔豪情 把你凝望 陌上花开歌声悠扬 歌声悠扬

1 6 6 6 1 6· | 6 4 4 6 5 3 3 | 2 3 4 6 5 3 0 | 2 1 7 2 1 0 |
水灵灵的瓜果 云 端里走（喂）互 联网融通 百 业兴 旺

1=G
1 1 7 6 7 1 3 | 2 7 5 7 6 — | 1 1 7 6 7 1 3 | 6 5 4 5 3 — |
新 产业带 来了新 气 象 好时代带来 好 风尚

1=E

2 3 4 3 4 6 | 3 2 1 2 3 - | 4 5 6 4 5 6 7 | 6 7 1 2 1 0 5 :‖
农民兄弟心　气儿壮　　富起来的甜　美　挂在脸　上　啊

2 1 7 2 1 0 3 4 | 5 5 5 3 4 5 5 5 4 5 | 6 5 4 6 5 0 2 3 | 4 4 4 2 3 4 4 4 2 3 |
喜气洋　洋　啊　哈哈啊　哈哈啊　　哈哈哈哈　啊　哈哈啊　哈哈啊

4 2 7 1 2 0 3 4 | 5 5 5 3 4 5 5 5 4 5 | 6 5 4 5 6 - | 5 5 6 5 3 4 2 3 1 |
哈哈哈哈　啊　哈哈啊　哈哈啊　　哈哈哈哈　　哈哈哈哈哈哈哈哈

2 1 7 2 1 0 5 :‖ 2 1 7 2 1 - | 6 7 1 6 5 1 3 | 2 1 7 2 |
喜气洋　洋　啊　喜气洋　洋　　美丽乡村到　处　喜气洋

2 - - - | 1 - - - | 1 - - - | 1 0 0 0 ‖
洋

寻找森吉德玛

哪里有盛开的萨日朗花,
听说就有森吉德玛,
哪里有荡漾的牧歌,
听说就有森吉德玛,
我要跑遍这辽阔的草原,
寻找心中最美的童话,
寻找我心中最美的童话。
啊哈啊哈呼咿,
鄂尔多斯姑娘美丽善良,
个个都像森吉德玛,
我要把九十九支情歌献给她,
我要用九十九朵鲜花为她做婚纱,
啊哈啊哈呼咿,
森吉德玛,美丽的森吉德玛。

哪里有欢跳的浪花,
听说就有森吉德玛,
哪里有飘香的奶茶,
听说就有森吉德玛,

我要走遍这美丽的草原,
寻找心中最美的童话,
寻找我心中最美的童话。
啊哈啊哈呼咿,
鄂尔多斯姑娘美丽善良,
个个都像森吉德玛,
我要把九十九支情歌献给她,
我要用九十九朵鲜花为她做婚纱,
啊哈啊哈呼咿,
森吉德玛,美丽的森吉德玛。

寻找森吉德玛

徐怀亮 作词
桑洁 作曲

1=♭A 2/4

中速 深情地

遥远的鄂尔多斯

远方是绿色的辽阔，
风雪夜归那豆灯火，
梦中飘过青春的歌谣，
多少往事荡着轻波。

想起那流动的云朵，
远去了马背上的寂寞，
回家的道路被泪水模糊，
岁月无声温暖几多。

明月千里草原大漠，
青丝白发风中飘落，
遥远的鄂尔多斯，
是否记着昨天的你我？

遥远的鄂尔多斯

徐怀亮 作词
新吉乐图 作曲

1=C 2/4

深情 留恋地

遥远的鄂尔多斯

徐怀亮 作词
赵勇 作曲

1=F 3/4

深情 向往 思念地

6 6 3 | 6 1 2 | 3 - 1 | 6 - - | 1 2 3 | 6 - 6 | 1 1 5 | 3 - -|

远方是绿色的辽　　阔　　风雪夜归那盏灯火
想起那流动的云　　朵　　远去了马背上的寂寞

6 - 3 3 | 6 - 1 | 3 2 3 1 | 2 - - | 3 2 3 | 5 - - | 5 - - | 3 2·5 |

梦中飘过青春的歌谣　多少往事　　　　回荡心
回家的路被泪水模糊　岁月无声　　　　温暖几

6 - - | 6 - - | 3 - 2 | 1 - 6 | 2 3 1 | 6 - - | 5 - 6 | 7 - 6 |

弦　　　　明月千里草原大漠　　青丝白发
多

2 5 6 | 3 - - | 6 6 1 | 6 - 5 6 | 1 - 2 3 | 2 - - | 3 - 3 | 2 - 1 |

风中飘过　遥远的鄂尔多　　斯　是否还记着

2 2 2 3 | 5 - - | 5 - - | 3 - - | 5 6·7 | 6 - - | 6 - - | 7 - 6 |

昨天的你我　　　　　啊　　　　　　　啊

2 - 5 | 3 - - | 3 - - | 6 6 1 | 6 - 5 6 | 1 - 2 3 | 2 - - | 3 - 3 |

　　　　　遥远的鄂尔多　　　斯　是否

2 - 3 | 5 3 3 1 | 6 - - | 6 - - : ‖ 3 - 3 | 2 - 3 |

记　着昨天的你我　　　　　　　是否记着

5 - 3 3 | 7 - 1 7 | 6 - - | 6 - - | 6 - - | 6 0 0 ‖

昨　天的你　　我

遥远的鄂尔多斯

徐怀亮 作词
周凯强 作曲

1=F转G 2/4

(乐谱略)

远方是
起那

绿色的辽阔　风雪夜归的那豆灯火
流动的云朵　远去了马背上的寂寞

梦中飘过青春的歌谣　多少往事
回家的道路被泪水淹没

荡着清波　想　岁月无声温暖几

多　明月千里草原大漠青丝

白发风中飘落　遥远的

鄂尔多斯　是否还记着昨天的你我

1 - |(3· 2|3 5 6 i|5 - |5 6 i|1· ḇ|

3 5 6 5 6|2 - |2 - |3· 2 2 3|5· 7|6· 5 6|

1=G
ḇ· 1|2 2 1 2 3 3 2 3|#4 4 2 4)#4|5· 3|6 5 3 2 3|5 - |
　　　　　　　　　　　　　　　　　　　想　起　那 流 动 的 云　　朵

5̣ 3 5 6|i· 2̇|i 3 6 6 i|5 - |5 - |3 2 3|
远 去 了 马　背 上 的 寂　　寞　　　　　　　回 家 的

5· 3|6 5 3 2 3|ḇ - |2· 2 2 3|2 1 6 i|5 - |
道　路　被 泪 水 淹 没　　岁 月 无 声 温 暖 几　多

5 1 2|3· 2|3 5 6 i|5 - |5 6 i|2· i|
明 月 千 里 草 原 大　漠　　　青 丝 白 发

6 3 5 6|2 - |2 - |3 2 3|5· 3|6· 5 6|
风 中 飘　落　　　　　遥　远　的 鄂 尔 多

i - |i - |6 5 6 5 3|2 2 3 ḇ 2|1 - |1 - |
斯　　　　　是 否 还 记 着 昨 天 的 你　我

6 5 6 5 3|2 2 3|ḇ 2|2 - |1 - |1 - |1 0‖
是 否 还 记 着 昨 天 的　　你　我

阳光故事

多少艰难在心头翻滚，
中华走进阳光故事，
唱起绿水青山的歌，
扬起金山银山的憧憬。
脱贫攻坚举世瞩目，
描画乡村振兴美景。
新时代，新征程，
全面小康万紫千红。
你让人民都有好心情，
中华处处阳光故事，
你让千家万户绽笑容，
祖国到处阳光故事，
江山万里写满共同富裕，
大江大海潮涌民族复兴。

多少自豪从心底升腾，
神州走进阳光故事，
仰望玉兔月亮之上，
喜看天问中国蛟龙。

放眼清风浩荡乾坤,
风华正茂党旗更红。
新时代,新征程,
百年梦想五彩缤纷。
你让千家万户绽笑容,
祖国处处阳光故事,
江山万里写满共同富裕,
大江大海潮涌民族复兴。

阳光故事

（领唱、合唱）

徐怀亮 作词
桑洁 作曲

1=♭E 2/4

赞美地

(05 12|35 13|5-|5-|05 12|31 45|6-|6-‖:0 35 2|

i-|03 65|1-|06 16|65 16|2-|2-|05 12|31 45|6-|

6-|01 45|66 7i|2-|23 17|67|5-|5-|05 23|1-|

1-)|53 656|5·3 21 23|5-|12 3i|6·5 31 45 6|2-|

（女领）多少艰 难在心头翻 滚 中华走 进 阳光故 事
（女领）多少自 豪从心底升 腾 神州走 进 阳光故 事

（男领加入）

05 67|i·5 65 16|3-|05 56|5·3 43·3|23 1·|1-|

唱起 绿水青 山的歌 扬起 金山银山的憧 憬
仰望 玉兔月 亮之上 喜看 天问中国蛟 龙

（T加入）

5·3 53|23 2 i|6-|03 23|2 i|72 67|5-|06 16|2-|

脱贫攻坚举世瞩目 描画 乡村振兴美 景 新时 代
放眼清风浩荡乾坤 风华 正茂党旗更 红 新时 代

01 2 i 3|2-|6·6 7i|2 5|23 2·|2-|05 6 i|3-|

新征 程 全面小康万紫 千红 新时 代
新征 程 百年梦想五彩 缤纷 新时 代

23 2 i|6-|6·7 i 6|2-|2·3 2 5|23 1·|i-|i 5·5|

新征 程 全面小 康 万紫 千红
新征 程 百年梦 想 五彩 缤纷 （混声）你让
你让

S.T. 〔3·23|i 76|53 567|6-|06 i 6|2·3|2 76 3|5-|5 5·5|

A.B. 〔i·76|5 54|31 2 5|4-|04 53|7·5|75 43|2-|2 5·5|

人民都有 好心 情 中华 处处阳光故 事 你让

故事 江山万里共同富裕 大江大海潮涌民族复兴 多少自豪从心底升腾 神州走进阳光故事 江山万里共同富裕 大江大海潮涌 复兴

英雄眷恋的地方

千万年日月光华浩浩流淌，
想起你金戈铁马战鼓动地响，
神鞭落苍野，演绎千古传说，
策马欧亚，英雄醉卧七彩光。
狼烟逝，烽火远，
立马北望，依然豪情万丈，
挺起胸，豪情壮，
剑指沧海，乘长风破浪。
这是辽阔无垠的北方，
跃马扬鞭筑梦向远方，
这是英雄眷恋的地方，
寒风烈酒挥洒归途上。

千万年风雨甘露滋润绿野茫茫，
想起你长歌悠悠往事荡气回肠，
祥云耀天地，播撒盛世光芒，
仰望世界，英雄把酒向太阳。
狼烟逝，烽火远，
立马北望，依然豪情万丈，

挺起胸，豪情壮，
剑指沧海，乘长风破浪。
这是辽阔无垠的北方，
跃马扬鞭筑梦向远方，
这是英雄眷恋的地方，
寒风烈酒挥洒归途上！

英雄眷恋的地方

徐怀亮 作词
张晓军 作曲

1=A 2/4
♩=66

3 3 3 3 6 | 7 6 5 5 | 6 0 1 2 | 3 — | 3 3 3 3 6 | 2 3 6 6 |
千万年 日月光华 浩 浩 荡 荡 想起你 金戈铁马
千万年 风雨甘露滋润绿 野 茫 茫 想起你 长歌悠悠

5 3 2 2 1 | 6 — | 1 6 1 3 | 2· 2 3 | 5 0 2 2 3 | 3 — |
战 鼓动 地响 神鞭落苍野 演绎千 古传 说
往事荡气 回肠 祥云耀天地 播撒盛 世光 辉

1 6 3 | 2· 5 3 | 5 6 2 5 | 6 — | 6 — ‖ 2· 1 |
策马欧 亚 英雄醉卧七彩光   狼烟

6 2 3 | 3 2 3 | 5 6 | 6 5 3 2 3 | 5 2 3 | 3 — |
逝烽火远 立马北望 依然豪情万 丈

1· 7 | 1 2 3 | 5 2 3 | 5 6 | 6 5 3 2 | 2· 7 2 3 |
挺 起胸 豪情壮 剑指沧 海 乘长风破

6 — | 6 — | 3 3 3 5 | 6 6 1 | 5 2 | 3 — |
浪   这是辽 阔无垠 的北 方

1 6 6 1 | 2 5 3 2 | 3 — | 3 — | 3 3 3 5 | 6 6 1 | 5 6 |
跃马扬鞭 筑梦向远方   这是英 雄眷恋 的地

1.
3 — | 1 6 6 1 | 2 5 1 7 | 6 — | 6 — ‖
方 寒风烈酒挥洒归途 上
D.C.

2.
1 6 6 1 |
寒风烈酒

2 5 5 | 5 — | 7 5 | 6 — | 6 — | 6 0 0 ‖
挥洒   归途上

永远不分离

我来自辽阔的北方大地，
你带着江南的风光旖旎，
我披着东海的霞光万丈，
你带着天山的宏伟壮丽。
我们是五十六颗石榴籽，
我们是五十六个好兄弟，
你中有我，我中有你，
紧紧拥抱永不分离。
大中华唇齿相依共同体，
休戚与共谁也离不开谁。

我描绘壮乡的诗情画意，
你胸怀苗寨的深情厚谊，
我双手捧着洁白的哈达，
你饱含阿里山乡愁的泪水。
我们是五十六颗石榴籽，
我们是五十六个好兄弟，
你中有我，我中有你，
紧紧拥抱永不分离。
大中华唇齿相依共同体，
休戚与共谁也离不开谁。

永远不分离

1=♭E 4/4

徐怀亮 作词
任家荣 作曲

3 5 6 i 6·5 | 3 5 6 3 2 3 1 — | 3 5 6 2 i· 6 |
我来自辽阔的北方大　地　你带着江南的
我描绘壮乡的诗情画　意　你胸怀苗寨的

2 3 i 7 6 5 — | 6 6 2 i i· 6 | 5 6 6 i 5 3 — |
风光旖　旎　我披着东海的万丈霞　光
深情厚　谊　我双手捧着洁白的哈　达

5 6 5 4 3 2 5 | 2 5 6 3· 2 1 — | 3 5· 6 3· 3 3 2 | i 2 3 7 6 — |
你带着天山的宏伟壮　丽　我们是五十六颗石榴　籽
你眼含阿里山乡愁的泪　滴　我们是五十六颗石榴　籽

i i 2 3· 3 3 7 | 2 i 6 7 5 — | 6 i 2 i 2 i — | 2 7 5 3 7 6 — |
我们是五十六个好兄　弟　你中有　我　我中有　你
我们是五十六个好兄　弟　大中华相　依　命运共同　体

5 6 5 3 6· i 2 | 3 2 3 2 5 6 i — ‖ 3 2 3 2 5 6 i — — | i 0 0 0 ‖
风雨同舟拥抱拥抱在一　起　　永远　不分　离
休戚与共永远永远不分　离

又见爱情树

静静的小河湾,
阳光多灿烂,
两棵爱情树,
迎着风儿站,
根相抱,枝相连,
多少故事在心间。
花开花落情长久,
相依相偎天地间。
爱情树,爱情树,
一天又一天,
一年又一年,
一生一世到永远。

静静的小河湾,
流水响潺潺,
又见爱情树,
笑迎风儿站,
昼相思,夜缠绵,
酸甜苦辣也无言。

平常日子平常过,
一生一世到永远。
爱情树,爱情树,
一天又一天,
一年又一年,
一生一世到永远。

又见爱情树

徐怀亮 作词
凉月 作曲

1=F 6/8 3/8
♩=148

3 6 1 3 | 1 2 | 2 1 6· | 7 1 2 | 2 3 | 6· 6· |
静 静 的 小 河 湾　　阳 光 多 灿 烂
静 静 的 小 河 湾　　流 水 响 潺 潺

3 6 1 3 | 1 2 | 2 3 2· | 2 6 5 | 5 6 | 3· 3· |
有 两 棵 爱 情 树　　迎 着 风 儿 站
又 见 那 爱 情 树　　笑 迎 风 儿 站

5 3 5 6 6· | 5 3 1 2 2· | 3 2 1 7 7· | 1 5 2 3· |
根 相 抱 枝 相 连　多 少 故 事 在 心 间
昼 相 思 夜 缠 绵　酸 甜 苦 辣 也 无 言

5 3 5 6 6· | 3 6 1 3 2· | 7 7 2 3· | 3/8 7 5 6 |
花 开 花 落 情 长 久　相 偎 相 依　　天 地
平 常 日 子 平 常 过　一 生 一 世

1.
6/8 6· 6· |
间

2.
3/8 5 3 5 6 | 6/8 6· 6· | 6· 6· |
到 永 远

1 6 1 6 | 7 5 6 6· | 7 7 7 5 3· | 2 6 1 5 3· |
爱 情 树 啊 爱 情 树　一 天 又 一 天　一 年 又 一 年

1 6 1 6 | 7 2 1 6· | 5 3 5 6 7· | 3/8 2 1 7 |
爱 情 树 啊 爱 情 树　一 生 一 世　　到 永

6/8 6· 6· | 6· 6· | 5 3 5 6 7· | 2· 2· |
远　　　　　　　　　一 生 一 世 到

2· 1 7 6 | 6· 6· | 6· 6· |
永 远

又见爱情树

1=G 4/4

徐怀亮 作词
张生 作曲

中速 欢快地

3 1 1 1 2 3 3 — | 2 2 5 1 6 6 — |
静 静 的 小 河 湾　　阳 光 多 灿 烂
静 静 的 小 河 湾　　流 水 响 潺 潺

6· 1 3 1 2 2 — | 2· 2 2 5 3 3 — |
两 棵 爱 情 树　　迎 着 风 儿 站
又 见 爱 情 树　　迎 着 风 儿 站

3· 6 6 7· 5 6 | 5 5 5 5 2 5 3 3 — |
根 相 抱 枝 相 连　多 少 故 事 在 心 间
昼 无 眠 夜 无 眠　酸 甜 苦 辣 也 无 言

6· 2 2 2 2 3 2 2 | 7 7 7 7 6 3 5 5 5 5· 3 6 — |
花 开 花 落 多 变 幻　相 依 相 偎 天 地 间
平 常 日 子 平 常 过　一 生 一 世 到 永 远

‖: 1· 5 6 5· 2 3 | 2 2 2 5 3 3 — |
爱 情 树　爱 情 树　一 天 又 一 天

1· 5 6 5· 2 3 | 3 3 5· 3 6 — :‖ D.C.
爱 情 树　爱 情 树　一 年 又 一 年

3 3 5· 3 6 — | 3 3 5· 3 6 — — — ‖
一 年 又 一 年　　一 年 又 一 年

有一个地方

有一个地方令人向往,
蓝天碧空下绿色荡漾。
高楼水中映,
小巷如画廊,
北疆绿氢城,
"风""光"耀四方,
煤海翻绿浪,
魅力在飞翔。
绿绿的地方,
爽爽的地方,
暖暖的地方,
美美的地方,
伊金霍洛令人向往。

有一个地方永远难忘,
春风化雨和风送爽。
美丽的乡村,
同醉在小康,
绿水绕青山,

诗意在流淌，
花香草原，
月色也芬芳。
绿绿的地方，
爽爽的地方，
暖暖的地方，
美美的地方，
伊金霍洛永远向往。

有一个地方

徐怀亮 王伟 作词
周凯强 作曲

1=♭E 2/4

赞美地 ♩= 62

(6̣ 3̣ | 3̣ 1̣ 2̣ 5̣ | 3 - | 3 - | 6̣ 2̣ 2̣ | 2 3̣ 6̣ 5̣ | 3 - | 3 - | 3 6̣ 6̣ | 6̣ 1 6̣ |

2 - | 2 2̣ 3̣ | 5̣ 3̣ 1 | 5̣ 6̣ 2̣ 3̣ 1̣ | 6̣ - | 6̣ -) ‖: 6̣ 3̣ 1 | 2̣ 3̣ 2 · | 3 5 1 | 6̣ - |

有一个 地方　令人 向　往
有一个 地方　永远 难　忘

2 2̣ 3̣ 1̣ 6̣ | 6̣ 1̣ 5̣ | 3 - | 3 - | 3 6̣ 6̣ 1̣ | 6̣ · 5̣ | 3̣ 6̣ 1 2̣ 3̣ | 2 - | 3 5̣ 3̣ |

碧蓝的天空　绿色荡漾　　高楼水中映　小巷如画廊　北　疆
春风　化雨　和风送爽　　美丽的乡村　同醉在小康　绿　水

6̣ 5̣ 6̣ 1 | 5̣ · 6̣ | 2̣ 3̣ 1̣ | 6̣ - | 2 · 6̣ | 1 2̣ 3̣ 2 | 3 5 6̣ | 2̣ · 1̣ | 6̣ - | 6̣ - |

绿氢城　风光耀四方　　煤海翻绿浪　魅力　在飞　翔
绕青山　诗意在流淌　　花香草原　月色　也芬　芳

6 6̣ 3̣ 6̣ 3̣ · | 2̣ 2̣ 3̣ 1̣ 2̣ | 6̣ - | 6̣ 6̣ 3̣ 6̣ 1̣ · | 2̣ 2̣ 1̣ 6̣ 1̣ 5̣ | 3 - |

绿绿的地方　爽爽的地　方　　暖暖的地方　美美的地　方

1 = C

5̣ · 3̣ 5̣ 6̣ | 2̣ 3̣ | 1̣ 6̣ | 6̣ - | 6̣ - (0 1 2̣ 3̣ | 5 - | 0 1 2̣ 3̣ | 6̣ - | 0 1 2̣ 3̣ | 5̣ · 3̣ |

伊金霍洛　令人 向往

2 - | 2 - | 0 1 2̣ 3̣ | 5̣ - | 0 3̣ 1̣ 2̣ | 6̣ - | 0 5̣ 6̣ 1 | 2̣ · 3̣ | 1̣ - | 1̣ - | 6̣ - |

6̣ -) ‖: 6̣ 6̣ 3̣ 6̣ 3̣ · | 2̣ 2̣ 3̣ 1̣ 2̣ | 6̣ - | 6̣ 6̣ 3̣ 6̣ 1̣ · | 2̣ 2̣ 1̣ 6̣ 1̣ 5̣ | 3 - |

绿绿的地方　爽爽的地　方　　暖暖的地方　美美的地　方

5̣ · 3̣ 5̣ 6̣ | 2̣ 3̣ | 1̣ 6̣ | 6̣ - | 6̣ - | 5̣ · 3̣ 5̣ 6̣ |

伊金霍洛　令人 向　往　　　伊金霍洛

2̣ 3̣ 3̣ 3̣ - | 3̣ 1̣ 2̣ 1̣ | 6̣ - | 6̣ - | 6̣ 0 ‖

令人　　　向　往

中国智慧

推开一扇大门,
面向世界眺望,
东方风来满眼春光。
喊一声祖国啊,
热泪盈眶,
中华巨轮已经起航。
巍巍昆仑,莽莽群山,
走向富裕中国希望。
走过沧桑走进阳光,
中国速度劈波斩浪。
中国智慧龙舞东方,
面向世界挺起胸膛。

拥抱一缕晨光,
笑看五洲激荡,
中国速度势不可当。
喊一声祖国啊,
荡气回肠,
亿万儿女凝聚力量。

滔滔黄河，滚滚长江，
民族复兴中国梦想。
走过沧桑走进阳光，
中国速度劈波斩浪。
中国智慧龙舞东方，
面向世界挺起胸膛。

中国智慧

徐怀亮 作词
新吉乐图 作曲

1=♭E 2/4

赞美地 ♩=62

5 6̣ 1 5 | 3 2 3 ‧ | 2‧ 1 2 3 | 6̣ 5̣ 5̣‧ | 6̣‧ 1 1 6̣ | 3 2 3 2 |

推开一扇大门　面向世界眺望　东方风来满眼
拥抱一缕晨光　笑看五洲激荡　中国速度势不

1 6̣ 5̣ 6̣ | 3 — | 3 5 5 6 5 6 | 1‧ 2 | 3 1̇ 7 6 5 | 6 — |

满眼春　光　喊一声祖　国　啊热泪盈　眶
势不可　当　喊一声祖　国　啊荡气回　肠

5̣‧ 5̣ 6̣ 1 | 6̣ 5̣ 3 | 2 6̣ 1 3 | ¹2 — | 3 5 6 5 6 | 1‧ 2 |

中华巨轮已经　已经起　航　巍巍昆　仑
亿万儿女凝聚　凝聚力　量　滔滔黄　河

3 5 1̇ 5 6 | 6 — | 5‧ 5̣ 6̣ 1 | 6̣ 5 3 | 2‧ 1 2 3 | ²1̇ — |

莽莽群　山　走向富裕中　国　中国希　望
滚滚长　江　民族复兴中　国　中国梦　想

1̇ — | 3 5 1̇ 2̇ 1̇ | 6‧ 5 | 6 3 2̇ 3 6 | 5 — | 3‧ 3 3 1̇ |

走过沧　桑　走进阳　光　中国速度
走过沧　桑　走进阳　光　中国速度

6 5 6 1̇ 7 6 | 2 — | 2 — | 3 5 1̇ 5 6 | 6‧ 5 | 6 3 2̇ 1 2 |

劈波斩　浪　　　中国智　慧　龙舞东
劈波斩　浪　　　中国智　慧　龙舞东

1.2.

5 — | 5̣‧ 5̣ 6̣ 1 | 5 6 3 | 2‧ 1 2 3 | 1̇ — | 1̇ — ‖

方　　面向世界挺　起挺起胸　膛
方　　面向世界挺　起挺起胸　膛

结束句　　　　　　　　　　　　　mf

5 6̣ 1 | 6̣ 5 3 | 5 6̣ 5 3 | 5 2̇‧ | 2̇‧ 1̇ | ⁶1̇ — |

面向世界挺起胸　膛　　　膛

1̇ — | 1̇ — | 1̇ 0 ‖

中国智慧

徐怀亮 作词
周凯强 作曲

1=E 4/4

(乐谱略)

推开一扇大门
拥抱一缕晨光

面向世界眺望　东方风来满眼春光　喊一声祖国啊　热泪盈眶
笑看五洲激荡　中国速度势不可当　喊一声祖国啊　荡气回肠

中华巨轮已经起航　巍巍昆仑　莽莽群山　走向富裕中国希
亿万儿女凝聚力量　滔滔黄河　滚滚长江　民族复兴中国梦

望　走过沧桑走进阳光　中国速度劈波斩浪　中国
想

智慧龙舞东方　面向世界　挺起胸膛

1=F

膛　走过沧桑走进阳

光　中国速度劈波斩浪　中国智慧龙舞东方　面向

世界　挺起胸膛

中国智慧

徐怀亮 作词
魏光 作曲

1=F 2/4

激情豪迈地 ♩=70

推开一扇大门　面向世界眺望　迎来清风
拥抱一缕晨光　笑看五洲激荡　中国速度
扑面凉爽　喊一声祖国啊　热泪盈眶
不可阻挡　喊一声祖国啊　荡气回肠
中华巨轮　已经起航　巍巍昆仑
亿万儿女　凝聚力量　滔滔黄河
莽莽群山　走向富裕　中国希望
滚滚长江　迈向强大　中国梦想
巍巍昆仑　莽莽群山　走向富裕
滔滔黄河　滚滚长江　迈向强大
中国希望　走过沧桑
中国梦想
沐浴阳光　中国速度　劈波斩浪
中国智慧　龙舞东方
面向世界挺起胸膛　面向世界
挺起胸膛

中华好家庭

家是避风港，
家是挡雨墙，
孝心给父母，
关心给孩子，
尊老爱幼添芬芳。
有国才有家，
家和国兴旺。
千千万万好家庭，
凝聚民族正能量，
中华舞东方。

家是避风港，
家是小天堂，
爱心给社会，
真心给爱人，
和谐友爱花更香。
有爱才有家，
家和国更强。
千千万万好家庭，
凝聚民族正能量，
中华舞东方。

中华好家庭

徐怀亮 作词
丁其安 作曲

1=F 4/4

中速

(1·6 50 2·3 50 | 3 32 32 35 11 56 | 3 323 1 65 23 | 1 - - 0)

1 1 23 5 65 50 | 2 25 31 2 32 20 | 5 56 32 2 35 |
家是避风港　　家是挡雨墙　　上有老　下有小
家是避风港　　家是小天堂　　左有邻　右有舍

2 23 21 1 0 | 3·3 23 5·3 | 2 33 12 23 | 5·3 66 53 |
下有小　　孝心给父母　关心给孩子　尊老　爱幼
右有舍　　爱心给邻里　真心给爱人　团结　友善

2 3 65 1·3 | 23 21 65 5·0 | 35 36 650 | 61 65 650 |
添芬芳　添芬芳　有国　才有家　家和　国兴旺
花更香　花更香　有爱　才有家　家和　国更强

3 23 5 65 3 | 3 23 5 11 56 | 0 11 1 65 6 | 1 66 5 - |
千千万万好家庭　凝聚民族正能量　中华　舞东方舞东方
千千万万好家庭　凝聚民族正能量　中华　舞东方舞东方

1·6 50 2·3 50 | 3 32 3 1 65 23 | 1 - - 0 :||
依儿呦　呀儿呦　舞呀舞东　方舞东方
依儿呦　呀儿呦　舞呀舞东　方舞东方

3 32 3 1 65 23 | 1 - - 0 | 3 32 3 1 65 - | 2 2 1 - - ||
舞呀舞东方舞东方　　　舞呀舞东方　舞东方

中华好家庭

徐怀亮 作词
左玉龙 作曲

1=F 4/4

中速 自信地

(6· 1 4 6 | 2 - - - | 1· 6 3 2 | 1 - - -)

5· 3 2 6 | 1 - - - | 1· 2 3 1 | 5 - - -
家 是 避 风 港　　　家 是 挡 雨 墙
家 是 避 风 港　　　家 是 小 天 堂

6· 1 4 6 | 2 - - 2· | 1 2 6 | 3 - - -
孝 心 给 父 母　　　关 心 给 孩 子
爱 心 给 社 会　　　真 心 给 爱 人

f
1 2 1 6 3 1 | 6 - - - | 3 6 1 3 2 0 | 3 6 1 3 2 0
尊老爱幼添芬芳　有国才有家　家和国兴旺
和谐友爱花更香　有爱才有家　家和国更强

1· 2 3 6 | 2· 1 3 - | 1 3 2 1 3 1 | 5 - - -
千 千 万 万 好 家 庭　凝聚民族正能量

1. p
1· 3 2 6 | 1 - - - | 1 - - - ‖
中 华 舞 东 方

2. f
5· 6 2 6 |
中 华 舞 东

1 - - - | 1 - - - ‖
方

走东胜

远离喧哗寻找宁静,
迈开大步走东胜。
秦直道旁放眼望,
绿水青山牧歌荡漾,
天高云淡花开有声,
乡村牧区处处好风景。
走吧走吧,走东胜,
诗情画意不言中。
霓虹闪烁着欢乐颂,
顺风顺水看东胜。

背起行囊放松心情,
迈开大步走东胜。
看看当年的老酒厂,
酒香还是那样浓。
鄂尔多斯羊绒衫,
温暖世界从这里启程。
走吧走吧,走东胜,
诗情画意不言中。
霓虹闪烁着欢乐颂,
顺风顺水看东胜。

走东胜

徐怀亮 作词
周凯强 作曲

1=♭E 2/4

欢乐地 ♩=82

(5 6 1 2 | 3 - | 3· 3 2 3 1 | 6 - | 6 6 5 6 1 | 2 - | 2· 3 6 1 5 | 3 - | 3 - | 5 3 5 |

6· 1 | 1 6 1 | 2 - | 6· 1 6 5 | 5 3 2 3 1 | 6 - | 6 -) 3· 6 | 2 3 1 6 | 7 7 2 5 3 5 |
　　　　　　　　　　　　　　　　　　　　　　　　远离 喧 哗 寻找 宁
　　　　　　　　　　　　　　　　　　　　　　　　背起 行 囊 放松 心

6 - | 6 1 2 | 6 1 5 3 | 1 6 6 5 | 3 - | 5 3 5 | 6· 1 6 5 | 6· 1 3 2 | 1 - |
静　迈 开 大　步 走 东　胜　秦　直 道 旁　放 眼　望
情

2· 2 2 3 | 5 6 1 6 | 6 - | 6 - | 2· 3 | 2 3 1 6 | 6· 1 5 6 | 3 - | 2· 1 2 3 |
绿水 青 山　牧歌 荡 漾　　　　　天 高　云 淡 花　开 有 声　乡村 牧 区
酒香 还 是　那样 浓　　　　　　鄂 尔　多 斯 羊　绒 衫　　温暖 世 界

5· 3 | 5· 6 2 3 1 | 6 - | 6 - | 6· 3 6 3 | 2· 3 1 2 | 6 - | 6 1 2 | 6 1 5 3 |
处处 好 风 景　　　　　　走 吧 走 吧 走 东 胜　　诗 情 画 意
从这 里 启 程

1 6 6 5 | 3 - | 5 3 5 | 6 6· 1 | 1 6 1 | 2 - | 6· 1 6 5 | 5 3 2 3 1 | 6 - |
不言 中　霓 虹 闪 烁着 欢 乐　颂　顺风 顺水 看 东　胜

6 - ‖ 6· 3 6 3 | 2· 3 1 2 | 6 - | 6 1 2 | 6 1 5 3 | 1 6 6 5 | 3 - | 5 3 5 |
　　 走吧 走吧 走 东 胜　诗 情 画 意 不 言 中　霓 虹

6 6· 1 | 1 6 1 | 2 - | 6· 1 6 5 | 5 3 2 3 1 | 6 - | 6 - |
闪烁 着 欢 乐　颂　顺 风 顺 水 看 东　胜

6· 1 6 5 | 5 3 2 | 2 - | 2 - | 2 1 2 1 | 1 - | 6 - | 6 - | 6 0 ‖
顺 风 顺水 看 东　　　　　　　　　　胜

最美康巴什

乌兰木伦映着蓝天，
如歌如梦让你留恋，
曾经是祖先拓荒的家园，
今天展开最美的画卷。
追逐梦想，一往无前，
时光不老，穿越千年，
最美康巴什，与你相约，
牵手走进幸福的起点。
敢为人先，初心不变，
拥抱世界，信念永远，
最美康巴什与你相约，
牵手走进幸福的起点。

青春山上白云相牵，
如诗如画醉在心田，
这里是我们幸福的家园，
这里的四季精彩无限。
敢为人先，初心不变，
拥抱世界，信念永远。

最美康巴什与你相约,
牵手走进幸福的起点。
敢为人先,初心不变,
拥抱世界,信念永远,
最美康巴什与你相约,
牵手走进幸福的起点。

最美康巴什

徐怀亮 作词
云朵 作曲

1=♭E 4/4

6 6·3 6 32 2 | 7 67 5 3 6 - | 56 1 3 6 56 3 |
乌 兰 木 伦 映着蓝 天　　如 歌　　如　　梦
青 春 山 上 白云相 牵　　如 诗　　如　　画

2·3 6 1 5 3 - | 35 6 1 6 56 1 | 6 6 1 3 1 2 2 - |
让 你 留 恋　　曾 经 是 祖 先 拓荒的 家　园
醉 在 心 田　　这 里 是 我 们 幸福的 家　园

3·5 5 6 1 2 3 5 | 3·5 2 1 5·3 2 1 | 6 - - - ‖: 6·3 6 1 6·5 |
今 天 展 开 最 美 的 画 卷　啊　　　　　 追 逐 梦　想
这 里 四 季 精 彩 无 限　啊　　　　　 敢 为 人　先

2·3 6 5 3 - | 6·3 6 1 6· 6 | 1·6 5 32 2 - |
一 往 无 前　　时 光 不 老 穿越千　年
初 心 不 变　　拥 抱 世 界 信念永　远

3·5 3 2 2 76 6 | 6·3 5 6 2 - | 7·7 7 6 5 66 2 1 |
最 美的康巴什 与你相　约　　牵手走进幸福的 起

6 - - - :‖ 7 7 2 5 7 | 6 - - - ‖
点　　　　　 幸福的 起　点
D.C.

这就是你

忘了这座山，
你翻过几百次；
忘了那道水，
你蹚过几百回。
为了黄土变金银，
风里雨里无怨无悔。
为了乡村美丽添锦绣，
为了乡亲好梦变成真。
这就是你，这就是你，
爬坡过坎百折不回。
千里万里守初心，
冬去春来担使命。
这就是你，这就是你，
造福人民树丰碑！

忘了这条路，
你留下多少足迹；
忘了那道坡，
洒下多少汗水。

老百姓心中似明镜，
山水含情记着你。
为了乡村美丽添锦绣，
为了乡亲好梦变成真。
这就是你，这就是你，
爬坡过坎百折不回。
千里万里守初心，
冬去春来担使命。
这就是你，这就是你，
造福人民树丰碑！

这就是你

徐怀亮 作词
郭子杰 作曲

1=C 4/4
中速 赞美地

6 1 2 6 5 3 | 5· 7 6 7 6 5 6 5· | 6 1 1 2 3· 5 2 3 4 | 3 - - - |
忘　不　了　这　座　山　　你　翻　过　了　几　百　　次
忘　不　了　这　条　路　　你　留　下　了　多　少　足　迹

3 5 6 5 6 1 | 6 4 3 2 1 2 3 2· | 6 2 2 1 2 3 7· 6 | 1 - - - |
忘　不　了　那　道　水　　你　蹚　过　了　多　少　　回
忘　不　了　那　道　坡　　你　爬　过　了　多　少　　回

2· 2 2 3 1 7 6· 6 | 1 1 2 3 5 6 5 3 2 3 | 2 2 1 2 3 5 6 3 5 6 |
为　了　黄　土　变　金　银　　你　洒　下　多　少　汗　　水　为　了　山　村　添　锦　绣
为　了　黄　土　变　金　银　　你　洒　下　多　少　汗　　水　为　了　山　村　添　锦

3 2 1 2 3 2 2 3 | 4· 3 2 3 6 7 6 | 5 - - - ‖: 1 1 7 6 1 4 5 6 |
你　无　怨　无　悔　你　无　怨　无　　　悔　　　这　就　是　你
你　无　怨　无　悔　你　无　怨　无　　　悔　　　这　就　是　你

5 3 5 6 5 2 3 4 3 | 1· 7 6 5 3 3 5 | 6 6 7 6 6 6 2 3 | 5 - - - |
千　里　万　里　守　初　心　风　雨　无　阻　风　雨　无　阻　百　折　不　　回
千　里　万　里　守　初　心　风　雨　无　阻　风　雨　无　阻　百　折　不　　回

1 1 7 ⁵6 3 2 1 | 7· 3 2 2 2 5 6 1 | 2 2 1 2 3 5 - |
这　就　是　你　　　冬　去　春　来　担　使　命　造　福　人　民
这　就　是　你　　　冬　去　春　来　担　使　命　造　福　人　民

6 1 4 3 2· 3 2 7 6 | 1 - - - :‖ 6· 5 6 7 6 | 1̇ - - - | 1̇ 0 0 0 ‖
树　　丰　　碑　　　　D.C. 树　丰　碑　　　　　ff

这里是北疆

抬头望一望奔跑的云,
呼啦啦大风北方的魂。
大黄河就像金腰带,
大漠草原大森林。
漫翰调唱的同心歌,
大秧歌扭得热腾腾。
爱山爱水爱上这好风景,
情长情久万种风情。
大地情深深,
沃野展雄风。
这里是北疆,
一脉相承中国红。

抬头望一望古长城,
暖烘烘米酒奶茶甜又醇。
大河套立着中国粮仓,
遍地宝藏牛羊成群。
红山玉龙映出中国图腾,
萨拉乌苏流淌中华文明。

恋东恋西最恋大北疆，
福来福往万紫千红。
大地情深深，
沃野展雄风。
这里是北疆，
一脉相承中国红。

这里是北疆

1=D 2/4

徐怀亮 蔺晓龙 作词
石慧 周凯强 沈昀光 作曲

♩=74

(3 | 6 - 6 36 | i - i 6i | 2 - 2 i | 23·3 3 - | 6·3 3 - |

2 i23 2 - | 32 i | 53 2 i | 6 - 6 -) | 36 | 2 i 6̣ | 2 35 | 6 - |
　　　　　　　　　　　　　　　　　　　　　　抬 头 望一望 奔跑的 云
　　　　　　　　　　　　　　　　　　　　　　抬 头 望一望 古 长 城

6 i | i2 653 | 1̣6 65 | 3 - | 36 5 | 6·i6 | 6·5 56 | 2 - | 2·1 23 |
呼啦啦大风 北 方的魂　大黄河就 像 金 腰 带　大漠草原
暖烘烘米酒 奶茶甜又醇　大河套立 着 中 国 粮 仓　遍地宝藏

5 3 23 | 6̣ - 6̣ - | 36 | 6 2 1̣ 6̣ | 2 35 | 6 - | 6 i | i2 653 |
大 森 林　　　　漫翰 调唱的同心 歌　大秧 歌扭得
牛羊成群　　　　　　　　映出中国图腾　　　　　　流淌
　　　　　　　3·6 6 i　　　　　　　　　　6·i i2
　　　　　　　红 山 玉龙　　　　　　　　　萨拉乌苏

1̣6 65 | 3 - | 3·6 65 | 6·i 6̣6̣ | 6·5 56 | 2 - | 2·1 23 | 56 2 i | 6 - |
热腾腾　爱山爱水爱上这好风 景　情长情久万种风 情
中华文明　恋东恋西最恋大北 疆　福来福往万紫千 红

6 - | 6·3 3 - | 2·3 12 | 6 - | 2 i 6 | 62 56 | 3 - | 3 - | 36 35 |
　　大 地 情深深　沃野展雄风　　　　　　　　　这

6 - | i 6i | 2 - | 5·3 56 | 23 i | 6 - | 6 - | (6·3 63 | 2 - | 2 - |
里 是 北 疆　一脉相承中 国 红

3·i 62 56 | 3 - | 3 - | 3 23 | 6 - | i 6i | 2 - | 32 i | 53 2 i | 6 - |

$\underline{6} - \parallel: \underline{6 \cdot 3} \mid 3 - \mid \underline{2 \cdot 3} \underline{1 2} \mid 6 - \mid \underline{\dot{2}} \underline{\dot{1}} 6 \mid \underline{6 2} \underline{5 \underline{56}} \mid 3 - \mid 3 - \mid \underline{3 6} \underline{3 5} \mid$

D.S. 大　地情深深　沃野展雄风　这

$6 - \mid \dot{1} \ 6 \mid \dot{1} \ \dot{2} \mid \dot{2} - \mid \underline{5 \cdot 3} \underline{5 6} \mid \underline{\dot{2}} \underline{3} \dot{1} \mid 6 - \mid 6 - \mid$

里　是　北　疆　一脉相承中　国红

$\underline{5 \cdot 3} \underline{5 6} \mid \underline{\dot{2}} \underline{3 \cdot} \mid 3 - \mid 3 \ \dot{1} \underline{\dot{2} \dot{1}} \mid 6 - \mid 6 - \mid 6 \ 0 \parallel$

一脉相承中　　　　国　红

后 记

原本计划不写《后记》。

一是不想墨守成规，每一本书都要有《前言》《序》《跋》《后记》之类的"规矩"。二是想说的话，《自序》里已经写清楚了，没必要画蛇添足。

可是把《自序》初稿发给一个好友，让这个鄂尔多斯的资深报人、青年作家提提意见。他在电话里一半戏谑一半认真地让我把书中《阿腾席热的情人》的创作背景、创作原因在《自序》里哪怕三言两语也要补充一下。

放下电话，觉得《自序》再不能增加内容了，已经够长的了。"包子"皮儿太厚了，一口咬不到馅儿，准会影响读者继续往下看的"食欲"。但思来想去，觉得好友说的也有道理。因为这首歌完成后，好多歌手唱过，有认识的，有不认识的。某省级电视台前前后后把天骏版的MV连续播放了将近一个月，用广场舞、双人舞、独舞等形式在各网络平台上传播的也很多，算是有一定的知名度吧。为此，好多同学、朋友、媒体记者等关注这首歌的人，都要问我创作的前因后果。我创作的《遥远的鄂尔多斯》唱响后，引起了许多20世纪60年代从南京来到鄂尔多斯的知青共鸣、传唱，让好多听众朋友以为我也是曾经的南京知青。在他们看来，如果没有这些经历，哪能创作出这样的歌曲呢？关于这个话题，鲁迅先生有过很经典的回答，我在这里就不赘述了。我只想说：这首歌不是写个人的爱情故事，我自己也没有那样儿女情长的经历，一如我不是南京知青，初心不是写南京知青的故事一样，我创作这首歌的出发点只是想讴歌一代本土创业者们的家国情怀。

2020年8月，我有幸参加了内蒙古音乐家协会的一个活动。这次活动规格很高，自治区知名的词曲作家悉数到场，自治区有关领导出席，并做了将近一个小时的讲话，讲话内容丰富，其中以《可可托海的牧羊人》爆红为例，就内蒙古如何将音乐发展为产业,做强内蒙古音乐品牌,带动地方文旅事业发展做了深入探讨,给我留下深刻的印象。会后,我反复研究了《可可托海的牧羊人》如何成名,如何带动一个寂寂无闻的小镇名满全国。这首歌具有浓郁的生活气息和泥土芳香,用老百姓最本真、质朴、纯粹的情感叙事和内心独白,讲述了可可托海一个以草场为家的牧羊人与一个养蜂女,在共同的漂泊生活中真心相爱却又无奈分离的爱情故事,是一首凄美的爱情歌曲。

不久,一个偶然的机会,我与几个长我十岁左右的本土企业家相遇,听这些老大哥讲他们的人生经历和往日故事。改革开放初期,他们大多有过去南方沿海城市发展创业的经历,但因为种种原因,最终选择了留在当时还非常贫穷落后的家乡,其中不乏为此与相爱多年的女友分道扬镳的例子,不乏牺牲指日可待的大好前程的例子。现在他们都已年近七旬,把美好的青春年华甚至一生都奉献给了家乡,成为伊金霍洛旗经济发展的中流砥柱。阿腾席热镇今天的繁华与蒸蒸日上与他们矢志不渝、扎根故土息息相关。他们的贡献可圈可点,他们的精神可歌可泣。

于是,我在这一代创业者身上找到了闪光点,找到了灵感,也从《可可托海的牧羊人》的表达方式、创作的落脚点中得到了启发,一气呵成,完成了歌词创作,分别发给几位彼此熟知的音乐大家。很快收到了著名音乐人小春的回应,于是就有了这首讴歌一代建设者为改变家乡落后面貌,燃烧青春,牺牲爱情,以党和人民需要为己任而建功立业,闪耀着人性光芒,洋溢着浓浓的家国情怀的《阿腾席热的情人》(援引《中国作家网》上《阿腾席热的情人:唱出家国情怀》一文)。随着作品的唱响,也就衍生出广大音乐爱好者认为其中有作者凄美悱恻的爱情故事之猜测。

话说到这里,不论大家如何去理解、遐想《阿腾席热的情人》有无其他故事,是否还会留得下、传得开,是否能提高我生活的小镇——阿腾席热镇的知名度,能否达到"一首歌一座城"的效果，对我一个普通的老百姓而言，已经不重要了，因为我已尽心尽力了。今天，这首歌能引起那么多听众的注意和关心，吾心足矣！

感谢你们！

2024年1月13日